인향문단 시화집

시인의 노래

인향문단 시화집

시인의 노래

초판 인쇄일 2024년 9월 15일
초판 발행일 2024년 9월 15일

지은이 인향문단 · 전당문학 동인
펴낸이 장문정
펴낸곳 도서출판 그림책
디자인 이정순 / 정해경
출판등록 제2010-000001
주소 경기도 수원시 영통구 이의동 웰빙타운로 70
연락처 TEL070-4105-8439 (010)2676-9912
E-mail : khbang21@naver.com

인향문단 시화집

시인의 노래

문학의 꽃이 피다

– 방훈

여름이다.
온 세상에 나무와 나무가 어울려
숲을 이룬다.

이름이 불러지는 나무, 이름조차 모르는 나무들이
어울렁더울렁 여름을 장식한다.

이쯤, 나무처럼 활짝 핀 언어와
활짝 문을 연 우리들의 마음이
일렁이는 여름 숲의 바람을 부르고
시어(詩語)를 모으고 엮는다.

이는 여름에 나무와 나무가 모여
숲을 이루듯이
많은 님들이 어깨를 나누어
한 권의 책이
숲을 닮기를 간절하게 바라며
언어를 다듬고 가꾸었기에 가능한 것이다.

그리하여 여름에 자라나는 나무처럼
하얀 종이에 한땀한땀 수를 놓듯 새겨서
세상에 떠나보낸다.

보는 사람들의 마음이
여름처럼 풍요롭기를 바란다.

지천이 여름이다.
세상에 풍만하게 나무이다.
그리고 우리들 마음에도 나무가 자란다.

문학의 나무가 자란다.
문학의 꽃이 핀다.

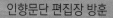
인향문단 편집장 방훈

인향문단 편집장인 방훈 작가는 1965년 경기도에서 출생하였습니다. 대학에
서는 국문학을 전공하였으며 2000년 초반 시인학교에 시를 게재하여 시인학
교 추천시가 되면서 본격적인 시창작활동을 하였습니다. 그 이후에 개인시집과
여러 동인시집을 같이 발간하였습니다.

[시인의 노래] 탄생을 축하합니다

- 심애경(전당문학 회장)

올해는 무척이나 더웠습니다
입추가 들고 말복이 지나니
확연히 바람이 선선해 지고
열대야 무더위가 한풀 꺾였습니다

조석으로 귀뚜라미가 울기 시작한
가을과 어울리는 인향문학의 시화집에
전당문학 동인들과 함께 시를 게재하게 되어
매우 기쁘게 생각합니다

「시의전당문인협회」 전당문학과
함께 하는 인향문단이 발행하는
제5호 시화집 [시인의 노래]에 등재하게 되어 감사드리며
한편으론 몇분 안되는 서툰 행보에도
넉넉하게 함께해 주시니
감사할 마음입니다

시인의 詩가 모여 시화집을 만들어
고단한 삶에 쉼의 원천으로
독자들의 가슴에 담기는 마음의 양식이 되어
삶에 힘든 독자들에게 귀감이 되어
아름답고 향기로운 여운을 남겼으면 더욱 좋겠습니다

넓은 문학 세계로 도약하는 인향문단이
먼 훗날 아름다운 제 빛깔로 미래를 열어가는
희망찬 삶의 글을 엮어가는
등불이 될 것입니다

끝으로 [전당문학] 시화전에 참여해 주신 회원과
작품을 함께 출간하신 인향문학 시인분께도
향기있는 옥고玉稿를 주셔서 감사하며
문학 세계에 문운이 창대하길 기원드립니다

전당문학 회장 심애경

현)시의전당문인협회 회장
현)정형시조의 美회장
제8회 무궁화 벽송시조 문학상
제2회 석교시조문학 대상
제1회 석교시조문학 우수상
부산문인협회 표창장
영호남문인협회 작품상
시조집 [혼을 담은 시조향기] [엄마의 살강]
공동시집 [울타리]

[시인의 노래] 탄생을 축하합니다

- 김경란

 어느 날 아파트 주차장 콘크리트 바닥에서 피어난 시 한 편을 보았습니다. 갈라진 틈 사이로 씨앗이 날아와 박혔었던지 파랗게 싹이 돋고 있었지요. 다음 날, 다시 보았을 땐 좀 더 자라서 훌쩍 키가 큰 상태였고 또 며칠 후엔 노랗게 꽃을 피워냈습니다. 울컥, 콧날이 찡해지고
눈물이 핑 돌면서 가슴도 뭉클해졌습니다. 꽃은 바람을 타고 날아와 갈라진 틈새에 뿌리를 내릴 때부터 이미 문자가 필요없는 한 편의 시가 되었습니다.

  하지만 우리는 이 경이로운 풍경을 자음과 모음이라는 글자를 통해 표현을 해내는 시쟁이들입니다. 그런 다양한 개인의 삶이 그려진 한 편, 한 편의 시들을 인향문단 시화집에 수록된 많은 시 속에서 만났습니다. 내 일상을 함축된 글자로 그려내는 시쓰기 작업은 여러 번의 퇴고를 거듭하며 탄생시키는 산고의 열매라고 생각합니다. 게다가 비유와 상징까지 곁들여서 완성하기 위하여 몇날 며칠을 고민하고 때로는 몇 년 만에 다시 꺼내서 또 퇴고하는 인고의 과정이 필요하기도 합니다. 이런 시 작품들을 만나는 것은 매우 행복하고 즐거운 일입니다.

  퇴고 작업은 시인의 옷깃에 붙은 먼지 한 톨 털어주는 작업 같은 것이라고 생각합니다. 남한산성 깊은 골에서 멋스럽고 아름다운 시들을 만나 즐겁게 퇴고 작업을 마쳤습니다. 그렇게 탄생한 한 편

의 시가 자기 몸에 어울리는 그림과 사진이라는 산뜻한 새 옷을 입고 한 껏 뽐내며 우리 앞에 나타났습니다. 이제 그렇고 그런 하루를 살던 평범했던 우리는 시처럼 특별히 아름답게 살아가기만 하면 됩니다. 그럼 오늘부터의 우리의 삶이 그 자체만으로 누구도 흉내 내지 못할 독보적인 한 편의 시가 되는 것 아니겠는지요. 폭염의 날들을 건너온 [인향문단 시화집, 시인의 노래] 탄생을 축하합니다.

인향문단 주간 김경란

강원도 평창 출생이며 국문학을 전공하였다. 시인과 육필시에서 시 등단하였으며 문예사조에서 수필로 등단하였다. 그리고 한국문학예술에서 희곡으로 등단하였다. 경기광주문인협회 사무국장이며 광주아카데미예술단 단장이다. 한글연구가, 시낭송가, 동화구연가로 활동하고 있으며 2022년 한국문인협회 이사장 표창을 받았다. 성장동화 '뽀글이 콩닥콩닥 첫사랑'을 형설아이출판사에서 출간하였고 장편소설 '허물과 가시'를 푸르름출판사에서 출간하였다.

인향문단 시화집 - 시인의 노래
CONTENTS

전당문학 초대석

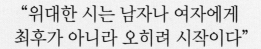

"위대한 시는 남자나 여자에게
최후가 아니라 오히려 시작이다"

미국의 위대한 시인 월트 휘트먼은 이렇게 말했다.
"위대한 시는 아주 오래오래 공동의 것이고,
모든 계급과 얼굴색을, 모든 부문과 종파를,
남자만큼이나 여자를, 여자만큼이나 남자를 위한 것이다.
위대한 시는 남자나 여자에게 최후가 아니라
오히려 시작이다."

인향문단 시화집

시인의 노래

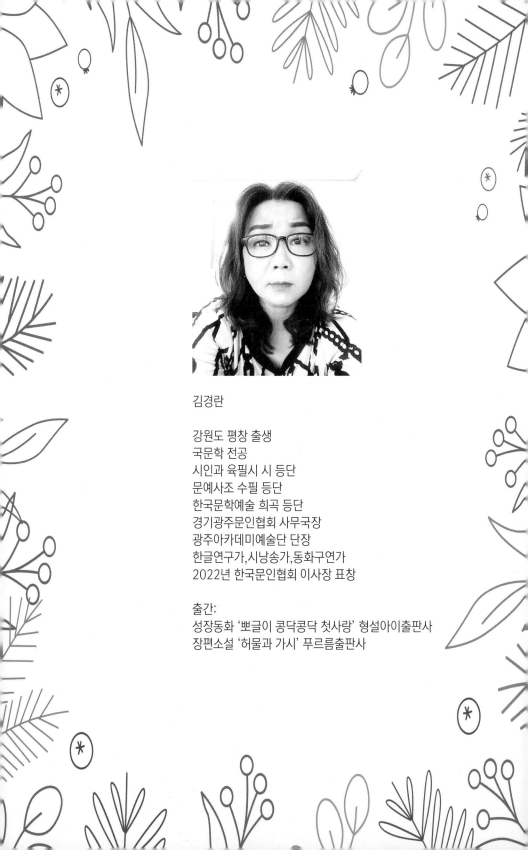

김경란

강원도 평창 출생
국문학 전공
시인과 육필시 시 등단
문예사조 수필 등단
한국문학예술 희곡 등단
경기광주문인협회 사무국장
광주아카데미예술단 단장
한글연구가,시낭송가,동화구연가
2022년 한국문인협회 이사장 표창

출간:
성장동화 '뽀글이 콩닥콩닥 첫사랑' 형설아이출판사
장편소설 '허물과 가시' 푸르름출판사

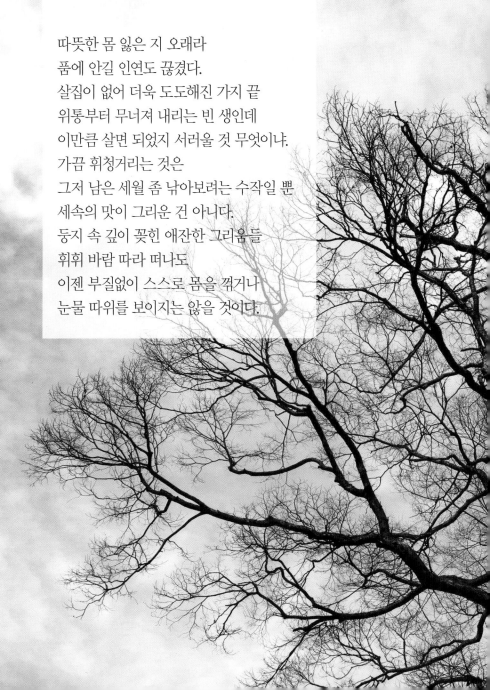

고목

김경란

따뜻한 몸 잃은 지 오래라
품에 안길 인연도 끊겼다.
살집이 없어 더욱 도도해진 가지 끝
위통부터 무너져 내리는 빈 생인데
이만큼 살면 되었지 서러울 것 무엇이냐.
가끔 휘청거리는 것은
그저 남은 세월 좀 낚아보려는 수작일 뿐
세속의 맛이 그리운 건 아니다.
둥지 속 깊이 꽂힌 애잔한 그리움들
휘휘 바람 따라 떠나도
이젠 부질없이 스스로 몸을 꺾거나
눈물 따위를 보이지는 않을 것이다.

숲길을 걷다

김경란

풀이 젖은 것을 보니 간밤에 비가 내렸던가.
수풀을 헤치고 숲 깊이 들어가다 보니
손끝에서 더 많은 풀들이 자라고
꽃봉오리 화들짝 놀라 몸을 연다.
꽃잎은 그녀의 오른쪽 귀를 닮아
갑자기 핥고 싶다.
접힌 왼쪽 귓바퀴엔 눈길만 줘도
바르르 떠는 입술이 붉게 열린다.
걸음을 옮길 때마다
잠을 설친 들꽃들 하나씩 몸을 뉘며
오로지 길을 여는 데만 열중하고 있다.
외길 깊숙이 스며들다 보면
숲 끝에서 온몸을 웅크린
몸 다른 당신을 만날 수 있다.

시를 떠나며

김경란

흐드러진 운율로 너와 함께 누워
아름답게 죄짓는 막막한 기쁨
모든 문자로부터 나를 차단한다.
손끝에서 부는 헛된 바람으로
다 하지 못한 간절한 말 한마디
욕망으로 채운 마침표는
번민 깊숙이 꺾쇠가 되어 꽂힌다.
달콤하게 뒤틀린 나날들
자음과 모음으로 떠돌고 있는 온갖 잡념을
네 몸 위에 말줄임표로 뿌리고
나는 허리를 꺾는 힘으로
기쁘게 반점이 된다.

분원의 강

김경란

강 건너 사람이 산다.
그곳을 향해 계절은 피고 지고
가끔 이쪽저쪽 넘나드는 물향기로
낯선 객들 마른 가슴에 땀이 흥건하다.
종일 물결은 요동치는 법이 없고
멀리 강을 거슬러 흘러가는
청량리행 열차를 만날 때마다
한 번씩 허리를 곧추세워
오랜 그리움으로 흔들리는 갈대들
강바람은 남으로 북으로
제각기 다른 인연을 만나
때론 어둠 속에서
고목에 들꽃으로
피어나기도 한다.

총각김치를 담그며

김경란

동네 마트에서 싱싱한 총각무를 사
흐르는 물에 고단한 여정을 씻고
마른 가슴 비벼 흙내 나는 미련을 턴다.
탄탄한 살 속 깊이 날 선 다짐을 꽂자
몰래 품은 부적 같은 길 여러 갈래다.
가벼운 탄성 끝 야무지게 여문 속살
하얗게 눈이 부시다.
저마다의 짧은 비명은
미처 말하지 못 한 생에 대한 고백
서툰 다짐으로 긁힌 상처는
다시 새살을 밀어 올리지 못한다.
소금이 제 몸을 녹여 위로하는 시간은
욕심을 줄이고 오기를 빼는 해탈의 시간
긴장된 몸 서서히 노골노골해지면
걸쭉하고 뿌연 세상에 스스로 뛰어들어
단 한 번 붉게 빛날 줄도 아는 청춘이다.

김남용

1972년 진도에서 태어남.
현재 진도 거주
지용신인문학상 대상
수주문학상 대상
진도신문 가을문예 시 부문 당선
제1시집 [시의유서](2001)
제2시집 [사랑마실](2022)

사진첩

김남용

이 낯선 사람은 누구인가
증인, 나를 증명해 줘요

시(詩)가 아득한 곳으로 멀어져 갈 때
나는 먼지 낀 사진첩을 꺼낸다

하늘에서 뇌성이 칠 때마다
나를 증거하는 기억의 파편들이 인화된다
겹겹이 포개진 단절의 벽 사이 사이에서
간헐적으로 흘러나오는
그 시절 무채색의 주파수
참을 수 없을 만큼
행복한 표정으로

자, 찍어요!

증인, 나를 증명해 줘요
인화되지 않은 그 아팠던 순간들은
다 어디로 가버렸나요

여귀산 풍란風蘭

김남용

여귀산 벼랑에 앉은 풍란
나비를 닮은 흰 꽃
구자도 바라보며 흔들리고 있네

소금바람 불어오면
내일은 어느 절벽으로 날아갈까
오늘 붙은 바위도
허방이라 하네

바구에 뿌리 내리지 않을 거라면
당신 함부로
그 향기 취하지 말라 하네

그 섬에는

김남용

섬을 찾아 떠났지
내가 섬인 줄 모르고

섬을 떠나 보았지
내가 섬인 줄 알고도

허공을 떠다니는
그 섬
들키지 않는 곳에
나의 바다

소금바다

김남용

목말라 바다에 왔다.
저 바다를 다 마셔버려도
가슴은,
내 말라버린 가슴으로는
한 점 눈물도 스며들지 않는다.

때로는 현실 앞에서
사랑하던 사람들을 향해
심장을 도려내야 할 날이 있다면
그날이 오늘이라면

끝없이 펼쳐진 바다
바다, 바다, 바다 수평선에
굵은 소금 한 점 맺혀 있으리라.

항아리

김남용

하늘을 담고도
모자란 듯

늘 그 자리
나의 관은

비운 만큼
담고 있더라.

김두원

강원도 양구에서 태어나 유년시절을 보내고
문화,창작의 도시 부천에서 30년간 공직생활
을 마치고 예능인 감성을 가지고 퇴직 후 시
를 꾸준히 쓰고 있다.
현재 인향문단 회원으로서 인향문단 동인지
3, 4, 5 집과 시화집에 시를 발표하였다.
미주예총작가 초대전 전시, 남가주문인협회
시화 전시, 서울 비엔날레 작품전 전시작가로
참가 하였으며 개인 시집 발표 계획을 가지고
활발한 창작 활동을 하고 있다.

아침을 깨우는 사람들

김두원

아침 동 트기 전
출근길에 나선 사람들 표정은
항상 밝다.
고단한 몸 추스리고
가족을 위해
자신의 삶을 위해
일찍 집을 나선 사람들
자판기에 동전 몇 개의 달콤함으로
피로를 달랜다
아침을 깨우는 사람들 얼굴에
행복의 미소가 그득하다.
부지런하고 검소한 그 사람 집에는
항상 웃음소리가 가득하니
부자가 아니어도 행복하다.
아침을 달리는 그 남자의 땀 냄새는
최고급 향수보다 더 좋다.

고희를 바라보며

김두원

젊었을 때는
내가 언제 육십이 되나
생각했는데
어느새 내 나이 칠십을 바라보니
참 빠르게 간다.

인생이 무척 길다고 생각했는데
육십을 지나면서
살아온 날이 얼마나 짧았던가를
깨닫게 되었다.

인생이란 찰나 같은 것
살아올 날을 뒤돌아 보니
이제는 알 것 같다
인생은 금방 간다는 것을…

녹색의 계절

김두원

봄이오면
나뭇잎이 돋아 나고
산과 들이 녹색으로 변해가니
평온해 지는 마음

나무숲에 새들이 모인다
나무 아래 아이들이 모인다

봄소풍 간다
활짝 웃으며 노래한다

새들도 노래하고
아이들도 노래한다

고향 친구

김두원

보고 싶던 옛 친구들
찾아 나선 오늘
녹음이 짙어진 산등성이 돌고 돌아
그리움 휘이 저으며
고향으로 간다.

친구
그 마음 그 얼굴
얼마나 반가울까?

소실적 남겨진 추억
한 장 들고 왔으니
세월에 접힌
굵은 주름도 잊었구나!

나
고향 그곳에서
친구들을 만난다.

오늘 저녁에는
오랜만에 만난 친구들과
삼겹살에 풋고추 된장 찍어
소주 한 잔 나누자.

마음 꽃

김두원

예쁜 꽃을 보면
마음이 행복해 진다

꽃은 치장을 하지 않은
자기 모습을 그대로 주기 때문이다

꽃이 가지고 있는
은은한 향기와 달콤함을
벌과 나비에게 아낌없이 모두 준다

나는 내가 가진 마음 꽃을
모두 너에게 주고 싶다

꽃처럼…

혜향 김미숙

1964년생
전북 김제출생
방송통신대 유아교육과 졸업
유치원교사
인향문단 홍보이사
문학촌 인천지역장

나의 노후

혜향 김미숙

바쁘게 살아온 나의 삶
아이들은 쑥쑥 자라
엄마아빠가 되고
나는 할머니가 되어
시골에서 농사일로 즐겁다

나보다 더 많은 삶을 살고 계시는
부모님의 삶 끝에 자리한
요양원 ,
어르신 유치원

나도 별반 다르지 않을
그곳 세월의 무상함을 본다

육십만 넘으면
세월이 뛰어간다던 어머니 말씀
이제 내 짝꿍과 행복한 추억만 쌓아야 하는
내 인생의 황혼

아주 짧은 시간만 나에겐 남아있다
후회하지 않을 하루를 살아야지
오늘이 나와 당신과의
마지막 날처럼

연못

혜향 김미숙

우리집의 작은 연못을 만들고
그곳에 물이 채우고 물이 흐르고
가슴이 두근두근 나는 설렌다

그렇게 소망하던 연못을
남편과 나의 손으로
우리집에 만들고
주변에 꽃도 심고
며느리가 가져다준 연꽃도 심어두고
큰 개울에서 데려온 다슬기 여러 친구와
물고기 네 마리도
우리집 연못에 우리 가족으로 와서
우리와 살고 있다

친구들 많은 곳에서 강제로 데려와
미안한 마음도 있지만
나는 다슬기가 다니는 길을 보며
너무 행복한 마음이다

아이구 신기해라
연못이 뚫어져라 그 길을 보고 또 본다
아 너무 좋다 너무 좋아
연못이 다슬기 물고기도 있고
나는 오늘도 꿈을 꾸면서
하루 해가 짧기만 하다

빈 마음

혜향 김미숙

빈 손으로 왔다가
빈 손으로 가는 벗네들
마음을 채우려는 노력으로
고단함도 즐거움으로 바꾼다

세상에 올 때 거침없는
울음소리로 시작된 인생들
삶에 더할수록 채우려는 욕심
베풀고 나누며 살아야 하는데

빈 마음을 채우려는
삶에 작은 조각들을 보며
세월 속에 무상함이 느껴진다

이제는 욕심보다 베푸는 삶을 위해
빈 마음의 열쇠를 열어갈 수 있기를
소원해 본다

이제 담담한 마음으로
삶에 여백을 채우고 나누며
감사함과 배려의 마음으로
노후를 준비하고 맞이하는
또 다른
행복한 삶이 되기를

빗방울

장마가 오려나
굵은 빗방울이
넓은 대지를 요동치게 한다
대지를 삼킬 듯한 폭우

빗방울들 하나하나 모여서
큰 개울을 이룬다
작은 빗방울들이 모여
사람들에게 아픔을 주는구나

대지를 황폐하게 만드는 너
작은 알갱이로 태어나
사람들 가슴에 비수를 꽂으며
폭우로 삶을 휘젓다가
다시 또
빗방울로 사라진다

고구마

혜향 김미숙

어머니는 고구마 한 솥을 쪄놓으시고
밭으로 나가신다
나 어릴 적 고구마는 귀한 간식
형제 많은 우리집 최고의 간식이고
형제들과 우애, 정, 사랑을 나누는 먹거리로
지나간 시간들이 추억되어 돌아온다

가을에 고구마 캐고
겨울이 되면 고구마를 꺼내 먹는다

이제는 어린 손자들과 고구마도 캐고
고구마를 먹으면서
나의 어릴 적 고구마의 추억을 되새김한다

고구마는 달고 맛있는
최고의 간식

김미숙

아호 : 성아
부산 출생
사)문학愛 정회원
문학愛 통권 특선집 참여
sns작가협회 회원
시집&에세이 월간시선 참여
공감문학 소식지 참여

밤하늘에

성아 김미숙

밤하늘이 보고 싶을 때가 있다

하늘 한 번 올려다 보는 게
뭐 큰일이라고
큰맘 먹고 올려다본다

딱히 특별한 의미는 없다만은
뻬딱한 초승달이 뜰 때나
뚱뚱보 보름달이 뜰 때나
아껴 먹으려 반으로 자른 팥빵 같은
반달이 뜰 때나
한 번씩 보고 싶을 때가 있더라고

예전처럼 은하수는 보지 못해도
반짝이는 별빛 쳐다보며
옛 추억을 더듬어 보는 것도 좋다

가끔은
밤하늘이 그리울 때가 있다.

찔레꽃 가시는

성아 김미숙

언덕배기 야트막한 곳
바람에 오들오들
떨고 있는 찔레꽃

가던 발걸음 멈추고
가시에 찔릴까봐
조심스레 다가가
향기 맡는다

햇살이
서쪽 하늘로 저물면
가시는 더 날카로워지고

외로움과
고독함에
찔레꽃 향은 더 짙어진다

새벽녘 찬 이슬에
그리움 품고서
찔레꽃 향은
더 짙어지더라.

하얀 웨딩드레스

성아 김미숙

사진첩 넘겨보다
30년도 넘은 결혼식 사진 봤다

새초롬한 얼굴에
하얀 웨딩드레스 입고 찍은 사진을

우리 엄마는 미소 띤 표정
우리 아부지는 근엄한 척

다들 각자의 삶에 충실하며
어디서 무얼 하며 지낼까 궁금하네

저 먼 하늘나라에 작은 별 되어
안타까이 생각하며
때로는 애처로이 지켜보겠지

늘 그리운 엄마 아부지
언제나 보고픈 가슴 끌어안고
다시 만날 그때를 그려본다

유혹에 약한 척

성아 김미숙

따사로운 햇살 뒤로 한 채
가볍게 걷다 보니
저기 카페가 보였지만 지나친다.

이 시간에 마시면 밤새 뒤척일게 뻔해
커피향이 유혹해도 모른 채 말이지.

잘 이겨냈다며 씩씩하게 걷는데
알아듣지도 못하는 팝송이
많이 들어봤던 팝송에
홀라당 넘어가는 순박한 아줌마다.

몰라, 몰라, 몰라
오늘만 넘어가 주자며
향긋한 커피와 마주 앉는다.

유혹에 약한 척하면서.

계절은 그렇게 또

성아김미숙

매서운 바람에 히마리 없이
팔랑거리더만
따사로운 햇살에 힘이 생겼나 보다

듬성듬성 제비꽃 고개를 들고
산등성이 중간중간
벚꽃들도 활짝 피었네.

조팝나무 하얀 꽃들은
가지가 휘어질 듯하고

당장 달려가 코라도 처박고
꽃향기 맡고 싶지만

저만치서 쳐다만 봐야 하는
눈에게 미안하고 그러네.

시간이 흘러 계절이 왔다지만
계절은 그렇게 흘러가지만
또 그렇게 계절이 오길 기다리지.

김양해

강원도 인제군 출생 현 포천 거주
인향문단 4집, 5집
시화집 하늘과 바람과 별과 시, 그날이오면
2021년 대한문인협회 6월 신인상 수상, 등단
동인지 가울문 1집, 2집 참여

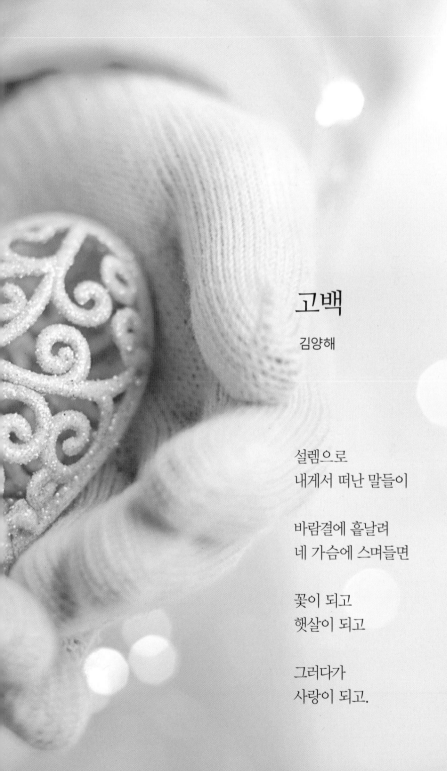

고백

김양해

설렘으로
내게서 떠난 말들이

바람결에 흩날려
네 가슴에 스며들면

꽃이 되고
햇살이 되고

그러다가
사랑이 되고.

꿈

김양해

떠난 것들이
또렷하게 떠오르다가
잠에서 깨면
하얗게 사라진다.

방금 들이켠 커피처럼
감미로운 향기는 코끝에 맴도는데
깨어나면 후다닥 달아나는
오지 않을 먼 얘기들

어제를 기억하고
내일을 기약하는
오늘.

봄을 기다리며

김양해

겨우내 꼼짝하지 않고 살아 낸
말라붙은 우듬지에도
새싹 돋아 파릇한데

흰 추위 매섭던 고단한 시절
짙은 어둠 먼 시간 참아내며
마침내 버티어냈던 뿌듯한 날에

지쳐 흐트러진 마음 한 데 여미고
깊은 근심 떨쳐낸 새 아침 되면
언 땅 헤집어 돋아나듯 봄은 오겠지.

골목길의 밤 풍경

김양해

빛 하나 새어들지 못한 고독의 밤
어두운 골목을 빠져나오려
허둥거리며 헤맬 때

미처 벗어내지 못한 그리움이
헐레벌떡 튀어나와
와락 달려들 것만 같았다.

마침 슬픔에 빠져있던 가로등이
어둠 사이를 헤집으며
용기 내어 눈을 떴을 때

불쑥 들이닥친 불빛에 놀라
갈 곳 잃은 외로움은
허겁지겁 그림자 뒤로 숨어버렸고

고요하게 흐르는 적막한 어둠 속에서
구름 뒤로 몰래 달아난 달빛은
이따금 인사를 건네주었다.

정체

김양해

모든 순간이 느렸고
물 없이 삼켜버린 고구마처럼
답답한 시간이었다.

어둠이 가득 내려앉은 새벽에
왕복 8차선 고속도로를
막힘없이 달려보았더라면

바뀔 줄 모르는 빨강 신호등은
눈치 없이 그대로였고
돌아갈 수도 없는 꽉 막힌 도로에서
주춤거리던 삶은 느리게 흐른다.

일효 김영순

1961년 경북 영천 출생
1986년 부산교대 졸업
1987년 초등교단에 서다
2003년 울산교원예능경진대회 시조 1등급
2023년 울산울주에서 정년퇴직

절정

김영순

눈부신 하늘 위로
새하얀 잎 하나 출렁인다
날갯짓하며 흔들리는
목련의 비상
하얗다 못해 푸르기까지
하늘과 닿아버린
백색 날개의 절정
순간 하늘이 된다

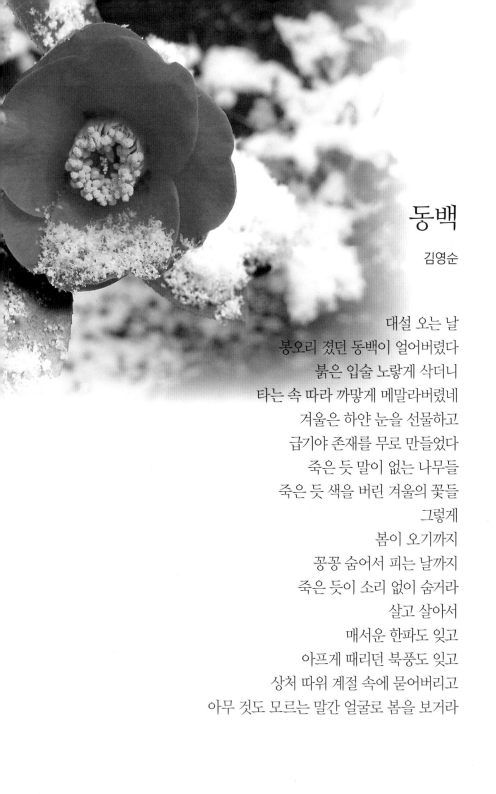

동백

김영순

대설 오는 날
봉오리 졌던 동백이 얼어버렸다
붉은 입술 노랗게 삭더니
타는 속 따라 까맣게 메말라버렸네
겨울은 하얀 눈을 선물하고
급기야 존재를 무로 만들었다
죽은 듯 말이 없는 나무들
죽은 듯 색을 버린 겨울의 꽃들
그렇게
봄이 오기까지
꽁꽁 숨어서 피는 날까지
죽은 듯이 소리 없이 숨거라
살고 살아서
매서운 한파도 잊고
아프게 때리던 북풍도 잊고
상처 따위 계절 속에 묻어버리고
아무 것도 모르는 말간 얼굴로 봄을 보거라

입춘날

김영순

입춘날
어머니는 저녁 늦게 영면에 드셨다
겨울 찬 공기 들이마시고
노을 가득 하늘을 원 없이 보시고
설을 이틀 앞두고
자식들 모두 모이게 하시더니
긴 인생길 마감하고 운명을 달리하셨다
어미와 딸의 애틋한 관계 마다 하시고
홀로 먼 길 떠나셨다
매화향기 머금은 채
일효 이름 두자 전광판에 새기고는
소리 없이 갈 길 가셨다
살아갈수록 그리운 얼굴
꽃향기처럼 은은히 스며드는 그 목소리
흰칠한 키하며 소박한 자태
그때는 몰랐던 태산 같은 사랑이
이맘때면
매화 향기처럼 절절히 가슴에
파고 든다

겨울 풍경

김영순

무꼬리가 길면
그 해 겨울은 춥다더니
냉기로 꽁꽁 얼어붙은 날들이다.
바람은 못된 여우처럼
칼이 지나듯 귓볼을 찌르고
가슴으로 들어와 마음까지 시리다.

길가의 나무들은
맨몸으로 추위를 견디며
파르르 떨고 있는지 말이 없고
빈하늘에는
참새떼들조차 조용한
겨울 한가운데를 건너고 있다.

산 너머 계곡 위에
무거운 붉은 노을이 사색을
귀에 걸고 뉘엿뉘엿 계절을
아우르며 저물고 있는
겨울 저녁,
무는 왜 꼬리가 길어
겨울을 꽁꽁 얼어붙게 했는지
얼어붙은 무밭에다 따져야겠다.

바람과 내통하여

김영순

시답잖은 글도 써야 의미가 있고
시답잖은 사람들도 만나야
정이라는 것이 생기는 것이다
형체 없는 공기도
순간순간
바람과 내통하여 지상에서
하늘과 바다로 범람하는 것이 아닌가

흔들어야 바람이 온 것을 알고
흔들려야 바람의 존재를 사색하는 나뭇잎처럼
우리는 서로의 존재를 가끔씩은
확인해 주어야 한다
나는 너에게
너는 나에게

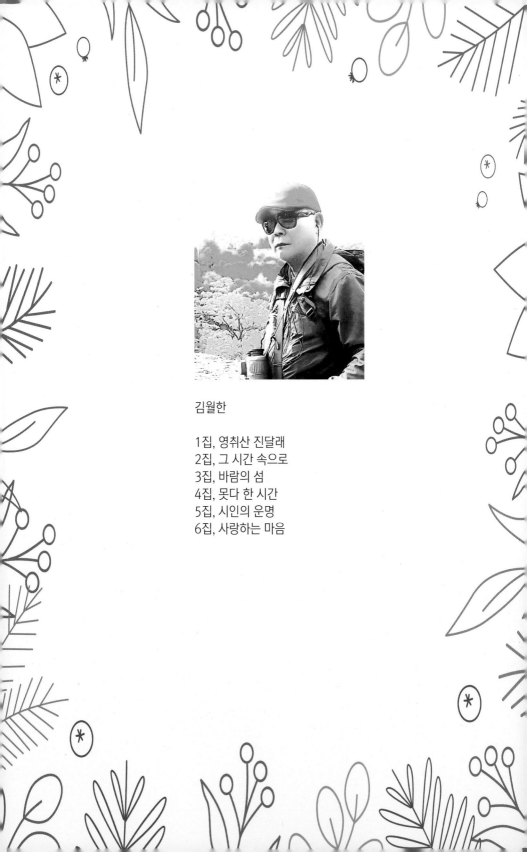

김월한

1집, 영취산 진달래
2집, 그 시간 속으로
3집, 바람의 섬
4집, 못다 한 시간
5집, 시인의 운명
6집, 사랑하는 마음

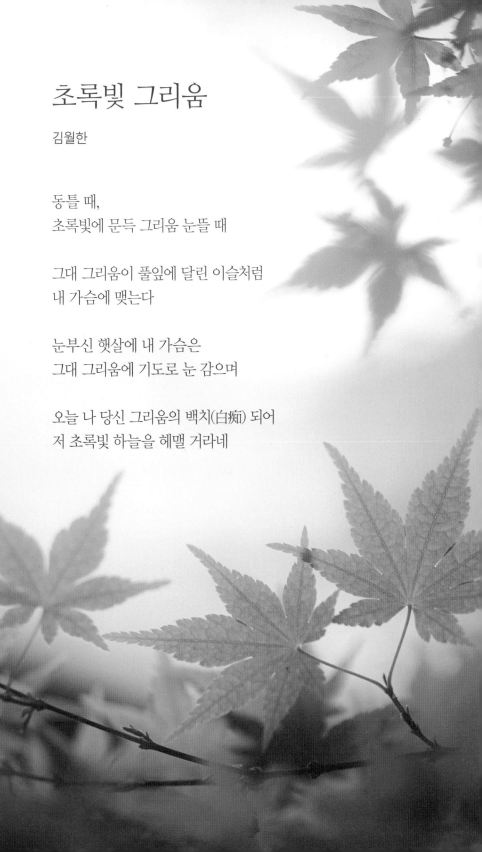

초록빛 그리움

김월한

동틀 때,
초록빛에 문득 그리움 눈뜰 때

그대 그리움이 풀잎에 달린 이슬처럼
내 가슴에 맺는다

눈부신 햇살에 내 가슴은
그대 그리움에 기도로 눈 감으며

오늘 나 당신 그리움의 백치(白痴) 되어
저 초록빛 하늘을 헤맬 거라네

끝없는 사랑

김월한

만야(滿夜)를 지새며
먹물의 밀도가 짙어지는 밤이 올수록

이름 석 자 하나
가슴에 먹물로 배어 나온다

수만 번을 불러 재가 될지라도
내 안에 맴도는 사람

하루하루를 그리움으로 채워도
못다 채울 사랑

아, 내 생애
마지막 남은 하루마저

넋으로 흩어질
영원할 사랑이여
내 사람아, 내 사람아

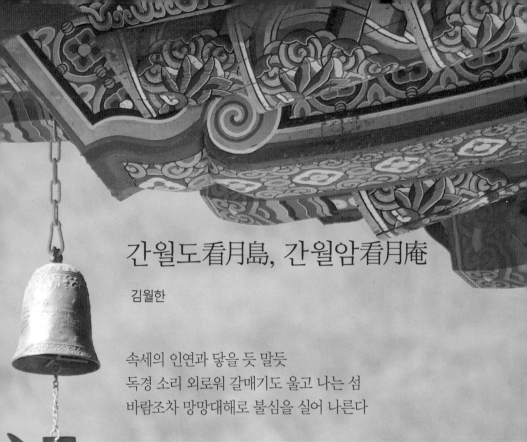

간월도看月島, 간월암看月庵

김월한

속세의 인연과 닿을 듯 말듯
독경 소리 외로워 갈매기도 울고 나는 섬
바람조차 망망대해로 불심을 실어 나른다

내 발길 닿는 곳이 길이요 진리라
비루하나 내 몸이 수행처일지니
달만을 바라보며 울리는 청아한 목탁 소리

돌아보면 세속이요 앞을 보면 만경창파라
먼지 같은 주검 앞에 영혼은 무념무상일지니
할절의(割截衣) 가사, 목탁 하나면 족하지 아니한가?

"달만을 봐야 하는 작은 섬"으로 달을 부처로
그리고 성철 스님을 생각하여 보았다.

여행은 언제나 서리꽃 같다

김월한

삶은, 태양을 맞는 아침마다
오늘이란 여행길로 사립문 같은 마음 문을 나선다

돌고 도는 내 작은 세상의 하늘엔 작은 별이 뜨고
작은 구름도 흐르고 삶에 소소리 바람도 분다

여행이란 삶의 자양분 같은 거라지만
때로는 두려운 발걸음으로 오만가지 이유를 따진다

그래도 먼 곳에 눈길을 두고 떠난다는 것은
가슴이 뜨거워지기 때문이며

시린 물빛 같은 눈물이
서리꽃으로 피어나는 것을 보기 위한 그리움인 것 같다

시인의 일기

김월한

나그네 시인은
햇살이 따뜻한 양지에 무지개 홀씨를 흩뿌리며
세상을 지나지만

세상 사람들은
홀씨에 감성의 싹을 틔우며 보라빛 푸른빛 그리고
때론 흐린 눈의 안개꽃을 피운다

시인도 슬픈 날을 지날 땐 들꽃 하나에 눈물 흘리며
세상에서의 인연들로
서러움의 가슴으로 세상을 바라본다네

김은석

1976년 전라남도 벌교 출신이며
인향문단을 통하여
작품을 발표하며 등단하였다.
산을 사랑하는 산사람이며
현재 나린트레킹 대장을 맡고 있다.

월출산에서

김은석

·

새벽 짙은 안개 거치면서
매서운 발톱을 드러내는구나

저 멀리서 얼핏 보아도
너의 웅장함과 위용이
숨 쉬는 숨소리마저 멎어버릴 듯하고

뾰족뾰족 솟아오른 너의 발톱은
가히 천하절경 목부가접이 아니더냐

낙엽 소리 벗 삼아
지르밟으며 천황봉에 오르니

세상 근심 걱정 다 부질없고
천황봉 한 폭에 풀마저 덧없이
정겹기만 하는구나

바람처럼 떠돌다 가는 생이련만
숨쉬는 동안만은

내 너를 꼭 잊지 않으마
꼭 다시 찾으마
잘 있거라 월출이여.
천황이여!

지리산 천왕봉에서

김은석

한세월 흘러 흘러
바람따라 구름따라 온 길

난 어디서 왔다가
어디로 가야되나
걷다 지치면 흰구름 산마루에 주저앉아
지나온 세월 웃으며 보내주고
외로운 인생길 벗 삼은 널 위해

노래 한 가락 뽑으며 쉬어가련다
잠시 바람결에
살포시 지나가듯이

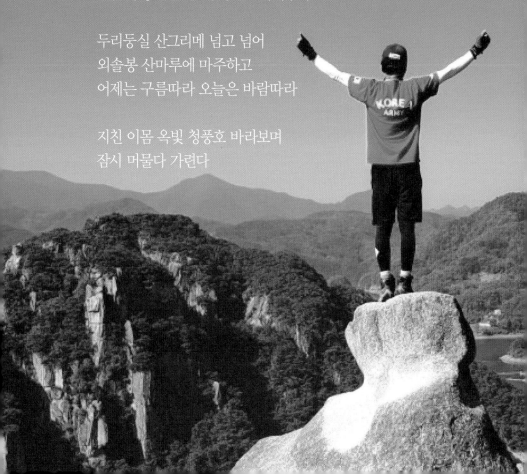

가은산에서

김은석

굽이굽이 돌고돌아
옥빛 물결 수놓은 청풍호 눈에 넣고
흰구름 베개 삼아 한없이 눕고 싶네

외로운 오름길에
청풍호 친구되어 사뿐히 넘어온 길
뒤돌아보면 청풍호요
눈앞에 동산은 한 폭의 산그리메구나

두리둥실 산그리메 넘고 넘어
외솔봉 산마루에 마주하고
어제는 구름따라 오늘은 바람따라

지친 이몸 옥빛 청풍호 바라보며
잠시 머물다 가련다

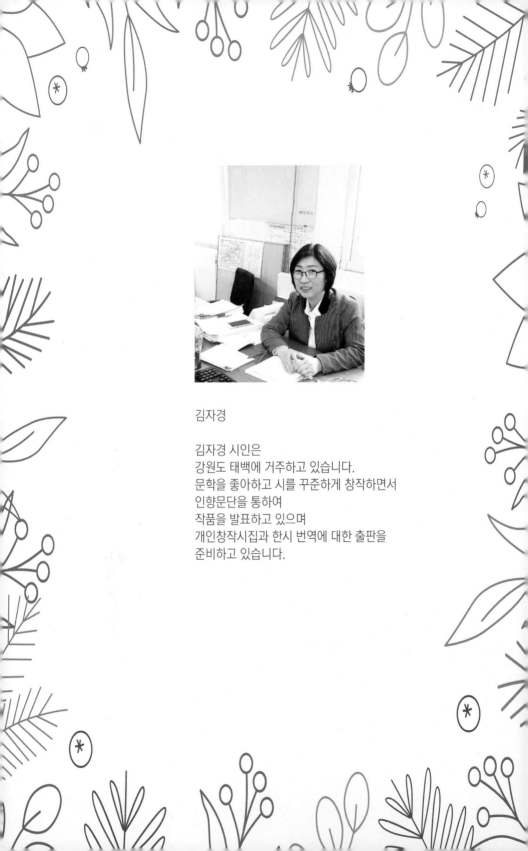

김자경

김자경 시인은
강원도 태백에 거주하고 있습니다.
문학을 좋아하고 시를 꾸준하게 창작하면서
인향문단을 통하여
작품을 발표하고 있으며
개인창작시집과 한시 번역에 대한 출판을
준비하고 있습니다.

묻어둔 사랑

김자경

둥근달이 떠오른다
정원의 꽃밭에 달빛이 흘러내린다

텅 빈 방문은 닫혀 있는데
님의 향기는 아직도 방안을 가득 채워

방에 남은 님의 냄새는
홀로 누워 천정을 보는 나의 추억을 살려

눈앞에 님이 모습 얼른 얼른
이슬은 다시 맺히면서 시선을 흐리운다

잊으려고 이리 뒤척 저리 뒤척
세월은 잘도 흘러가건만 정은 그대로 남아

그리움도 추억 속에 묻힐 뻔한데
깨진 정 조각들은 아직도 내 가슴을 후빈다

북녘의 하늘

김자경

남녘의 해질무렵 해빛이 넋을 잃은 때
북녘의 하늘도 땅과 잇닿아 잃어가는 빛이여

물새가 몰려드는 동해바다 그 깊은 물속에
헤엄쳐가는 물고기떼들 북으로 가는가?

바람에 나뭇잎이 쏴쏴 소리내어 부는데
쓸쓸한 기분 소리없이 감도는 적막함이여

어둠의 장막이 드리운 등불 아래에
한땀 한땀 정성이 담긴 엄마의 바느질

기약도 무기한으로 미뤄지는 세월 속에
눈물을 감추고 외로이 초가집을 지키는

엄마!
아빠는 언제쯤 올까
오늘 밤도 예외없이 기다리는 아빠를!

엄마의 그 모습은 더없이 가냘퍼 보이는구나!

깊어가는 밤의 무지

김자경

가을 정취에 빠져 겨울은
아직 멀리 있어도

익어가는 계절에 젖어든
사랑, 깊어가는 밤이여

기억 속에 남은 꿈들이
수많은 별빛이 되어

캄캄한 밤 하늘 밝게 비추어
잠든 새에 창살로 날아들어

날아가는 철새여
곧 다가올 겨울
봄은 아직 멀리 있는데

꽃이 되고 싶어 봄을 기다리는 나
그 곁에 잠들고 싶어

어둠속의 황홀함

김자경

어둠이 스며들어 온 세상이 캄캄한
침묵 속에 빠져든다

모든 빛이 사라지고 처절한 절망이
엄습할 만도 한데

절망 속에 등장하는 희망의 가냘픈
빛이 아른거린다

어둠을 녹이며 하는 키스는 한 줄기의
불씨가 되고

어둠의 적막함은 한줄기의 빗방울이 되어
가슴를 촉촉히 적셔주어

어둠을 가슴 속에 품고 깊은 잠에 빠져
황홀한 꿈의 맛을 보고

피 비린내를 풍기는 내일을 위해
어둠 속의 육신을 사랑하고

새벽이 오기까지 하늘에 별과의 약속
어둠을 씹어먹는 육신이 되라

꿈속에서 만나는 나그네

김자경

세월이 흐른다면 그리움도 세월따라 흐르거늘
세월은 사라져도 그리움은 남는구나

가슴에 묻혀 운명같이 꿈속을 오가며 헤매는데
스치는 바람이 내 그리움을 전해줄까

소리없이 흐르는 시냇물에 애써 떠내려 보내는
가시같은 한 가닥의 그리움에 목메여

밤마다 꿈속에서 만날 수 있는 추억 속의 나그네
시간이 모아져 그리움으로 가득 차여

이미 메말라 버린 눈물샘도 자국만 남아있는데
쌓여가는 나그네 그림자만 커져간다

남궁 실비아

경기도 파주에서 집필중이며
여성동아 칼럼으로 등단을 하여
2020년 시화집 [모란이 피기까지는]에 참여하고
연이어 2021년 [바다와 나비]에
시를 발표 하고 지금은
곧이어 출간될 개인 에세이집
[마음이 감기였음 좋겠다]의 탈고를 끝내고
출간을 준비중입니다

허수아비 사랑

남궁 실비아

들판의 곡식이 여물고
황금빛 들판에 서있는
허수아비

말하지 않아도
그 소리를 듣고
그저 그 자리에 서있다

허수아비의 슬픈 사랑노래가
참새의 바람에
날갯짓을 하고

삐에로 얼굴
고운 분칠에
웃는 눈물이

허수아비의
아직도 끝나지 않은 사랑에
늦가을
휑한 들판을
혼자 지키고 있다

고수

남궁 실비아

가슴을 때리는
장구소리

휘몰이 장단 같은
진한 한풀이가
뚫린 허공 사이로
하늘에 올라간다

하얀 버선코에
숨은 승무자락 사이로
영혼의 장단소리에
무명천이 춤을 춘다

하늘로 흩어지는
쑥부쟁이 같은 삶이
구성진 소리가
가슴 한 켠에 머물고

찢어진
소창 사이로
고수의 장단소리가
하늘 위에
춤을 춘다

이 밤의 끝

남궁 실비아

너를 보내며
생각한다
우리가 함께 했던 시간은
모래성처럼 무너지고

지난 날의
아스라한 기억은
초승달 뒤로
숨어 버렸다

따스했던
너의 손길을
잡으려 애를 써봐도
간 곳이 없고
이 밤의 끝을 잡는다

어떤 일이 우리를
예전처럼
만들어 줄까?
하는 생각에
이 밤의
끝을 잡는다

시간에 대하여

남궁 실비아

굽이굽이
가는 이 길이
때론 아팠고
때론 웃음이었다

한숨 돌리면
또 한숨이 차오르는
일상의 길속에서
문득 하늘을 본다

붉게 지는 석양과
태양의 아름다움을
예전엔 알지 못했다

이젠 조금 쉬어가자
이젠 조금 앉았다 가자
천천히 익어가는
황혼의 시간들

잠시 쉼표 앞에 서서
지난날을 돌아본다
하루하루…
착한 흔적을 남기기 위해

이 밤 지나면

남궁 실비아

볼 수 있는 걸까?
이 밤 지나면
들을 수 있는 걸까?
너의 목소리

섬망의 시간이 가고
어제 다시
너를 볼 수 있는데
그 모습 간 데 없고
정지선 앞에 서있다.

밤은 지나고
다시 새벽은
찾아왔지만
보이지 않는 환상에 너를 쫓는다

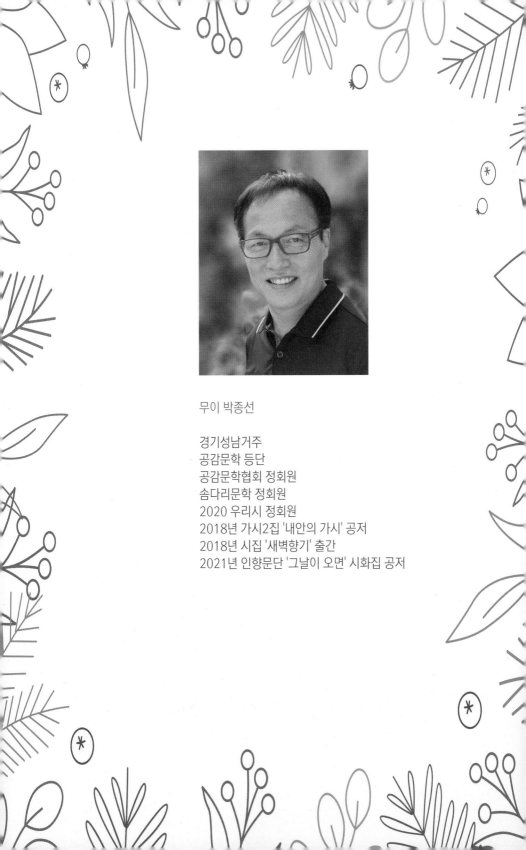

무이 박종선

경기성남거주
공감문학 등단
공감문학협회 정회원
솜다리문학 정회원
2020 우리시 정회원
2018년 가시2집 '내안의 가시' 공저
2018년 시집 '새벽향기' 출간
2021년 인향문단 '그날이 오면' 시화집 공저

달팽이의 꿈

박종선

평범한 것은 작은 발걸음
돌아다 볼 시간은 없다
항로를 예측할 수 없는 길이
나에게 주어진 외나무다리
흔적은 남지만 이내 말라붙는다
어슴프레 기억을 더듬어 보지만
남은 날이 너무 길어 흘려버리고
외로운 짐하나 짊어졌다
머리를 한껏 들고
물길을 좇아 흐르는 발바닥에
바다를 건너야 할 소박한 꿈,
동산을 넘어야 할 미미한 자세가
문신처럼 각인되어 있다
혼자만의 시간을 쌓고 쌓아
어깨 위에 짊어진 작은 피난처엔
속울음으로 도배한 표정들이
단단한 껍질로 출렁인다
어느 기슭에 닿을 때까지

지나가는 계절

박종선

잎새마다 빛을 잃고
제 몸을 하나씩 내어주는
흐릿한 유리창 너머
세상은 온통 가을빛
가슴엔 한 장의 갈잎이 떨어진다
머리를 낮춘 들판에
날카로운 바람만 휘돌고
자기 힘에 겨운 세상은
모서리를 세워 귀를 자른다
맛을 잃은 소금은
제 안으로 흘러 눈물이 되고
펴지 못한 허리춤엔
무수한 말들이 뒹굴고 있다
유리알에 비친 모습이 표정없이 스치고
버석대는 발걸음에 묻어나는 엉성함
흩날리는 낙엽 여미는 깃 틈으로
또 한번의 아픔을 보내고 있다
조금은 가벼워진 채로

찰라

박종선

순간의 벽 뒤에 있는 글을 읽지 못했다
귀를 기울여 봐도
이쪽의 웅얼거림만이
벽의 생각처럼 보였다
몇 번의 파도를 넘어 가늘게 풀어낸 시간
딱 한 순간
벽을 넘지 못했다
시간은 뭉개지고 피투성이 같은 잔해로
어제가 남아 질긴 이빨을 드러냈다
수선될 수 없는 자국
주워 담을 수 없는 형체를 본다
원시의 막막함이 이럴까
부끄러움마저 수반되는
무지의 아지랑이가 전율이 되고
온 몸을 휘감는 짜릿한 희열도 된다
경계는 이미 사라지고
벽은 벽으로서 이름을 갖춘다
순간이 보여준 현장엔
반 토막 난 오늘이 뒹굴고 있다

혼자 있는 방

박종선

문고리를 당기니
불빛이 와락 안긴다
뒤따라 온 소리는 달콤한 진액
그리고 편안한 된장찌개 냄새
특별하지 않는 특별함이
꾹꾹 눌러 밟은 시간을 지운다
그대로 노래가 되는 밤이
손바닥을 뒤집는다
잔상처럼 남은 허공이
어두운 복도처럼 길다랗고
훅 하니 찬바람이 안긴다
짙은 구석 내음이 싸늘하게 들리고
빈 상에 올려진 침묵과 허기의 찬
돌연 공간은 허물어지고
황폐한 사막의 전율이 물결친다
꾸벅꾸벅 졸고 있던 방
홀 냄새로 칭칭 무장한 방
더 이상 가라 앉을 데 없는 방
파동이 멈춘 방 안에
오래된 기억들이 숨죽이고 산다

숲

박종선

곧게 뻗은 나무를 따라
눈길을 훑는다
호흡이 하나가 되면서 시간이 멈추고
오래된 상생의 얘기
가볍게 지절대는 소리에 담겨
정수리를 타고 발끝까지 스며든다
나무가 되었다가 계곡이 되었다가
풀잎이 되고 바람이 되고
초록이 휘몰아치듯 물들어진다
존재를 놓친 자리에 새로운 형상이
아무 것도 없는 곳에 서서
그림자의 흔적으로 남았다

박효신

인향문단에 시를 발표하며 등단하였고 인향문단 잡지에 초
대시인으로 참여하였으며 인향문단 시화집 1 2 3 4집에도
참여하였다. 인향문단 편집위원이며 인향문단 자문위원이
다. 마운틴TV 시공간 명예의 전당에서 대상을 수상하였다.
시를 꿈꾸다 3집 동인지, 한줄의 꿈 2- 캘리 동인지에 참여
하는 등 왕성한 시작활동을 통하여 첫 창작시집인 [나의세
상]을 발간하고 두번째 시집 [내눈에 네가 들어와], 세번째
시집 [너의 그리움이 되어], 네번째 시집 [나의 그리움을 만
나고 싶다]를 발간하였다.

시어詩語

박효신

아름다운 풍광을 한 눈에
담으니 마음이 흐뭇하고
맑고 고운 詩를 읽으니 마음이
풍요로워진다

내가 거닐고 있는 이 길에도
들꽃이 피듯
달리는 기찻길 아래 돌 틈에서도
풀꽃이 핀다

눈에 보이는 모든 사물이
소중한 시어가 되어

때론 사랑을
때론 외로움을
때론 그리움을
때론 지독한 이별이

마음을 다독이며 감성을
불러 일으킨다

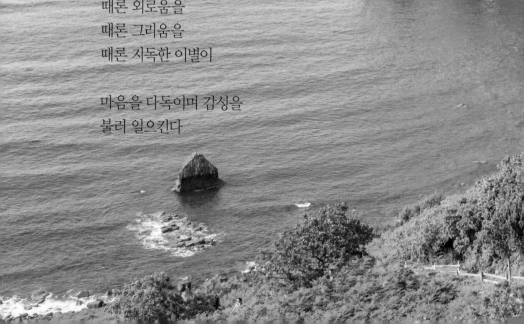

꽃샘 추위

박효신

얘들아 햇살 좀 봐
봄이 오고 있어

우리도 봄마중 가자
예쁘게 연지 곤지 바르고
하나 둘 친구들하고
봄마중 나오는데

발그레한 예쁜
매화를 보고
시샘이라도 하듯
하늘은 해님을
삼키고 하얀 눈을
휘날리기 시작한다

아이 추워
얘들아 어서 몸을 움추리고
꼭꼭 숨자

저 시간, 저 강물

박효신

흐르는 시간
흐르는 강물
멈출 순 없지만

우리들은 가다가
힘들면 멈추고
쉬어 가야 합니다

쉬지 않고 흐르는
저 시간
저 강물

우리가
따라갈 수 없기
때문입니다

아마도
따라가려고 서두르면
너무 힘들어
더 이상
걷지 못 할 것 같습니다

바람의 속성

박효신

바람은
방향이 없어요.

바람은
그물에 걸리지 않고

바람은
피부로 느낄 수 있어요.
바람은 이름이 많아요.

그리고 바람은 계절마다
다시 와요.

삶에서 만나는
모든 사람과의 인연이
바람과 같다고 느껴집니다.

구름과 대화하고 있어요

박효신

경민아,
여기서 뭐하니

으응, 엄마
구름하고 대화하고 있어요

하얀 뭉게구름이 반짝반짝
빛나 눈이 시려요

엄마
저 구름은
어디에서 왔다가
어디로 가는 걸까요?

경민아,
궁금하면 구름한테
한 번 물어보렴

1965년 경기도에서 출생하였다. 2000년 초반 시인학교에 시를 게재하여 시인학교 추천시가 되면서 본격적인 시창작활동을 하였고 그 이후에 여러 동인시집을 같이 발간하였다. 16인 공동시집 [한 페이지 한 페이지마다 내 사랑을 담아 전합니다] 발간에 참여하였으며 또 26인 공동시집인 [사랑으로 핀 꽃은 이별로 핀 꽃보다 일찍 시든다] 발간에 참여하였다. 그후에 긴 시간에 걸쳐 절필의 시간을 지냈으며 2011년 [저 먼 아프리카의 이쯔리 숲으로 가고 싶다]라는 개인시집을 출간하면서 다시 시창작활동을 시작하였다. [아무런 대답도 할 수 없었다], [아비의 역마살은 언제 끝나려나] 등의 시집과 [방훈의 희망시편], [방훈의 청춘시편], [방훈의 지옥시편]이라는 연작시집과 다수의 창작집을 발간하였다.

봄밤의 그리움

방훈

빈 술잔에는
그리움이 머물고

봄밤의 쓸쓸함은
마음에 머물고

달빛도 그리움에 지쳐
몸살을 앓는
밤

시詩를 마시는 밤

방훈

술이 나를 먹고
나는 시詩를 먹고
술은
신神이 주신 양식
시詩는
내가 만든 양식

야근

방훈

나의 눈은
검은 장막에 갇혀
전등을 밝혀도
천 길 암흑이라네

스쳐 지나가는
바람도
달빛도
인연도
다 어둠에 묻히는구나

쓸쓸하고 고단한
밤

슬픈 밤의 노래

방훈

밤이 지나갔다고 아침이겠는가
밤은 밤을 낳고
아픔은 아픔을 낳고
술은 술을 낳는 밤

어찌
밤이 지나갔다고 아침이겠는가

불면의 밤

방훈

시간도 어둠에 잠들고
달빛도 어둠에 잠들었는데

이 밤,
나는 잠들지 못하고
어둠의 막장에서
기억의 화석을 캐내고 있다

신명철

신명철 시인은 1965년에 출생하였고
전라남도 목포에 거주하고 있습니다.
문학을 전공하였고
시를 꾸준하게 창작하면서
인향문단을 통하여
작품을 발표하고 있습니다.
현재 개인시집을 출간 준비하고 있습니다.

낡은 우산

신명철

버려진 우물에 마른 장마의 기억이 돋는다 떠오르지 않는 비밀
낮게 감춰 둔 소식은 잠긴지 오래다 낮 그늘이 보여준 아량은 여
기까지다 녹슨 살로 찢어진 주름 끝 주저없이 끊어지는 물방울의
자국들은 여름 내내 예견의 강을 이룬다

마른 꽃

신명철

색들도
목숨을 지키며 산다
기다리면 알게 되는 사실들

부정의 하루를 따라
세밀한 설명도 없이
마른 색들의
혼돈을 보고 나면
그들의 옅은 호흡은
언 입김으로 흩어지고
낱낱이 열거되어
새들의 입 속에서
숨을 지킨다는 사실의
난해함을 설명하려 한다

돌아선 길의
낮아진 꽃들을
다시 바라보는 이유다

섶다리

신명철

달이 높습니다 어머님
혼자 취한 아들은
먼 산에 눈을 두고
부릴 짐들을 동여매고 있습니다
흔들리는 걸음이 되겠지요

당신의 가는 다리로
징하게 다져온
그 가난한 길에
쉰 살의 지게가 버겁기만 합니다

왔던 길을 다시 물어 갑니다
낡은 신발을 버릴까도 했지만
내 길이 될 것을 예감한
당신의 작대기가 있어
넘어지지 않습니다

전철에서

신명철

빈차를 보낸다
혼자인 가슴을 숨기며
불빛이 보이는 칸을 잰다

멈추는 시선
바람은 기다림보다 빠르다
무표정한 설레임도
기적 속에 묻힌다

평행한 궤도
맞선 우울
서로는 투명을 찾아
목청을 머리로 보낸다

살아서 처음인
낯선 동행
우리는 이제
같은 선으로 본다

흰 달

신명철

어둠은 곧 올 것이다
의심이 없는 하루도
정월의 한 부분
찬 들을 태우는 노을이
먼 달을 차고 돈다

다녀간 적이 있었지
눈이 익은 등성이
낮은 허리 아래로
물을 향해 돋는 잔가지
언 자갈 소리가 부서진다

마른 갈대는 여전히
무리지어 속엣 것을 감추고
건너편 노을은
긴 바다로 간다

달이 잠긴 파도가
흰 바람속에 넘어진다

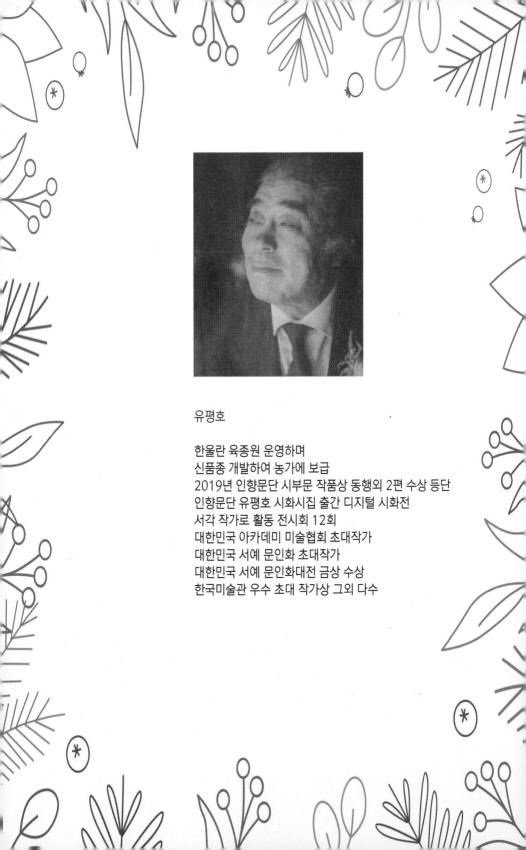

유평호

한울란 육종원 운영하며
신품종 개발하여 농가에 보급
2019년 인향문단 시부문 작품상 동행외 2편 수상 등단
인향문단 유평호 시화시집 출간 디지털 시화전
서각 작가로 활동 전시회 12회
대한민국 아카데미 미술협회 초대작가
대한민국 서예 문인화 초대작가
대한민국 서예 문인화대전 금상 수상
한국미술관 우수 초대 작가상 그외 다수

간이역에서

한울 유평호

하루라는
완행열차에
새침떼기 안개
바람둥이 구름
천둥벌거숭이 바람
심술쟁이 비를 태우고
천상을 날았다

타는 목마름에
한 잔의 술을 마시고
난
별들이 소곤대는
자장가 들으며
은하수 베개 삼아
곤하게 잠이 든다

MY WAY

유평호

허겁지겁 게 눈 감추듯
정신없어 살아온 날들이
주마등처럼 스쳐 지나간다

세월 따라 간 청춘
반 백의 중년이 되어서도
포승줄을 못 풀고
죄인처럼 살고지고 한다

지나간 시간들은 아련한 추억으로 남아
아쉬움과 그리움을 남긴 채
삶 앞에 걸터앉아
저울질 한다
어제 얼마 남지 않은
살아갈 날들은
어떤 것에도 구애 받지 않고
나만의 삶을 즐기자고
허공에 써본다

MY WAY

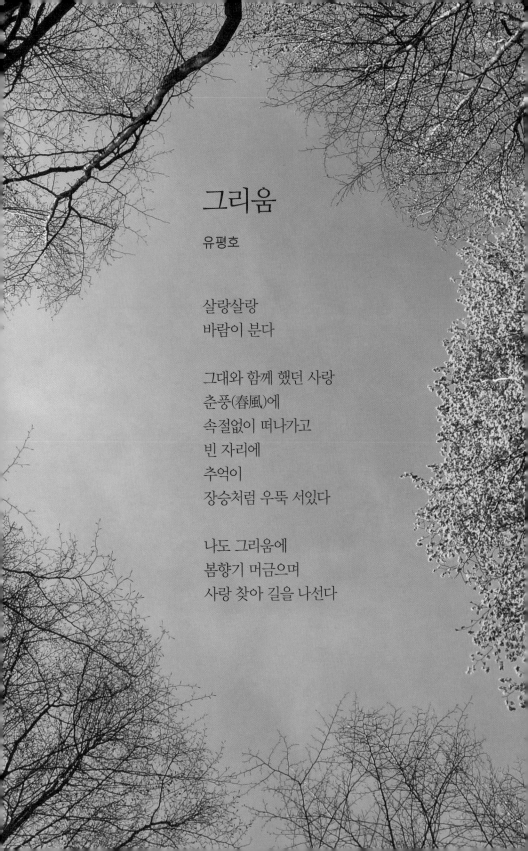

그리움

유평호

살랑살랑
바람이 분다

그대와 함께 했던 사랑
춘풍(春風)에
속절없이 떠나가고
빈 자리에
추억이
장승처럼 우뚝 서있다

나도 그리움에
봄향기 머금으며
사랑 찾아 길을 나선다

비상飛上

유평호

사라지는 모든 것들은
나름대로
사연을 안고 떠나가겠지

시간 위에 걸터앉아
유유자적 하는
세월 그 세월 앞에
난
벌레처럼
세월만 깎아먹으며
이유 같지 않은 이유로
변명 만을 늘어놓는다

세월을 동지고
곱게 물든 단풍잎새
민들레 홀씨들은
말없이 둥지 찾아 떠나간다

내 마음
민들레 홀씨 등에 띄워
푸르른 창공을
자유롭게 날아 가고 싶다

하루살이

유평호

어두컴컴한 밤하늘에
손에 손을 잡고
따스한 온기를 전하며
별빛돌이 하나 둘 빛을 낸다

길 잃은 어린 양처럼
저 별 따라서 아침을 열고
피곤에 상접한 육신은
저 별 따라서 저녁을 맞으며
하루를 덮는다

흐르는 시간들 오늘은
차곡차곡 쌓여만 가고
난
내일의 불을 밝히려
흘러간 하루 시간들을
하나하나 꺼내어 불을 지핀다

온기가 찾아들자
어제도 그제도 내 곁에서
몸을 녹이고 잠이 든다

이경화

경남 창원여고 졸
건국대학교 불문과 졸
학원강사로 근무
창원시보 시 당선

민둥숭이 고슴도치

이경화

당신은 고슴도치 같아
어느 정도 다가서면 가시가 돋지
상처받지 않으려는
당신의 몸짓에
왜 겪어보지도 않고 날 판단해 소리쳐
난 가진 건 뭐 별 거 없어도
이 마음 다 줄 수 있는데
사랑 그거 뭐 별거야
내 마음 다 주고 네 마음 다 주고
그럼 되는 거지
네 가시 하나하나 발라내어
민둥숭이 고슴도치가 되거든
그 때 다시 말해줄게
넌 내 꺼라고

세상의 짐

이경화

세상의 짐을 지고 있는 이
그대

그대의 노력에 미소를 짓던
내가 그대의 고백에
눈물이 난다

힘든 시련을 얹고 가는 이
그대

그대의 손길에 설레어 하던
내가 그대의 입맞춤에
나도 모르게 입술을
거둔다

내가 그대에게 짐이 될까 두려워
그대의 손길을 거부하는
내 마음을 알까?

잘 될 거라는 그대의 말에
손을 잡고
같은 곳을 바라보며
깍지를 끼어본다

연어

이경화

운명이
나를 쫓아다닌다

그냥 흘러가봐
어떻게 되는지

물은 위에서
아래로 흐르는 거야

절대 거슬러 살 수 없어
넌 연어가 아니잖아

흑백

이경화

우린 그림을 그릴 때
그냥 채색부터 하기도 하지만
연필로 밑그림을 그린다

그랬다
그 사람은 분명 채색되지 않은 채
흑백인 채 그렇게 서 있었다

갑자기 비가 내렸다
난 그 사람이
지워지지 않게 우산을 씌워 주었다

그의 동공은 흔들렸으며
점으로 이어진 그를 보는 건
내게도 혼란스러웠다

그렇게 비는 한참을 내렸고
그는 지워졌다
그리고 내 마음 속에서
나갔다

파도

이경화

파도는 철썩철썩
밀려오고 밀려가며
오묘한 자연의 이치를
우리에게 가르쳐준다

네가 나를 밀어내고
내가 너를 밀어내고
사랑의 시차로 인해
우리의 사랑은 맺지 못한다

파도가 밀려오듯
그대의 사랑을 한 없이 받았지만
떠나갈 때는 또 그렇게 등을 보이는구나

오는 인연 막지 말고 가는 인연 잡지 말라는
어느 유행가 가사처럼
그의 사랑을
파도에 실어 보내본다

나린 이정순

국어국문학과를 전공하였으며
들풀문학 대상을 수상하였다.
도서출판 그림책의 수석편집위원이며
금비나무 레코드가게 등
다수의 책을 기획하고 디자인하였다.
지금 이 순간,
가장 행복한 순간,
나를 위한 순간들을
기획하고 엮어서 책으로 발행하였다.
최근의 저서로는
나를 변화시키는 스위치가 있다.

슬픔

이정순

아픔이 어둠 속에 몸을 숨긴다
슬픔이 그림자 속에 몸을 숨긴다

뭉개진 마음은 구름처럼 흩어지고
헝클어진 마음은 바람에 날린다

이정표 없는 삶의 갈림길에서
흐르는 눈물은
내 마음의 바다로 흘러간다

가을이 왔어

이정순

가을이 오고 있어
여름을 버티고 가을꽃이
씨앗으로 여물기 시작했어
그리고
가을이 우리에게 속삭여

나무가 잎을 내려놓듯이
햇살이 따스함을 나누듯이
바람이 기다림을 전하듯이…

비울수록 높아진다는 거야
익을수록 숙여야 된다는 거야

우리는 가을 앞에서
겸손함을 지켜야 돼

기다림

이정순

다시 찾은
바람의 속삭임

님을
기억합니다

부드러운 얼굴엔
따스한 미소가 피어나고
님은 나를 웃게 만든
그 사람

기억 저편
선한 그 사람

다음 세상에서는
별처럼 빛나리니
님은
기다리고 싶은 사람

새싹

이정순

새싹은 향기를 찾아
틈을 넓혀가는 희망의 손길
마치 어둠 속에서
빛을 찾아가는 작은 등불처럼

싹을 틔우고 조금씩 조심스럽게 넓혀가는 틈
폭풍 속에서도 꺾이지 않는 나무와 같이
어떤 고난이 와도
운명 앞에 고개를 떨구지는 마라

생명은 기적 같은 것
부디 여기서 새싹으로 자라나길
마치 황무지에 피어나는
꽃처럼

산

이정순

어둑어둑 짙은 골짜기
소나무 가득한 푸른 숲

한세상 지친 삶 내려놓고
펜 하나 노트 하나 들고
아담한 산사에 들고 싶어라

구속에서 벗어나
거창하게
무위자연을 논하지 않아도

달무리 지는 밤이면
시상이 저절로 떠오를 테고

세상 시름 다 잊어버리고
별이 쏟아지는 밤의
전율을 느끼고 싶다

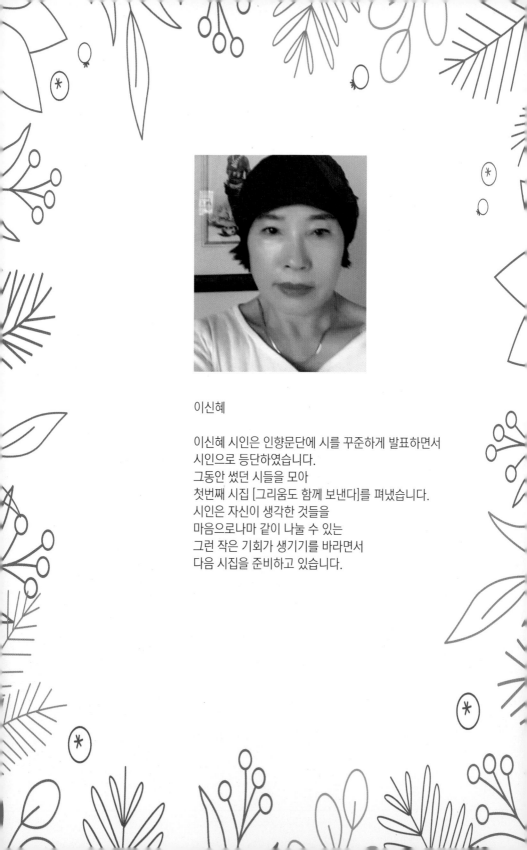

이신혜

이신혜 시인은 인향문단에 시를 꾸준하게 발표하면서
시인으로 등단하였습니다.
그동안 썼던 시들을 모아
첫번째 시집 [그리움도 함께 보낸다]를 펴냈습니다.
시인은 자신이 생각한 것들을
마음으로나마 같이 나눌 수 있는
그런 작은 기회가 생기기를 바라면서
다음 시집을 준비하고 있습니다.

봄날

이신혜

기나긴 겨울이
뒷모습을 보일 때쯤
이슬 머금은 여린 손님이 옵니다

산책길 모서리마다
하얀 분 살포시 바르고
살랑살랑 너울을 남기는
황금빛 복수초

바람에 일렁이며
청노루귀 미소

올봄에도 진달래
가득 새순 피우고
가슴 설레는 봄날은
온 산천을 깨우고
대지를 흔듭니다

마음을 바람에 맡기고
봄날을 즐깁니다

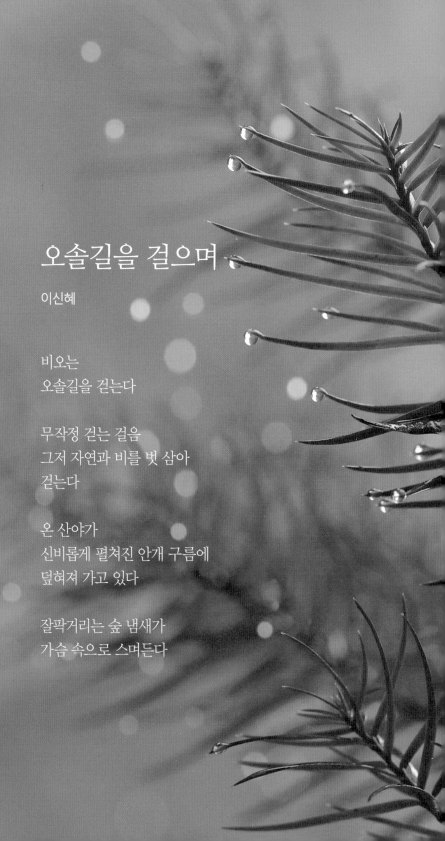

오솔길을 걸으며

이신혜

비오는
오솔길을 걷는다

무작정 걷는 걸음
그저 자연과 비를 벗 삼아
걷는다

온 산야가
신비롭게 펼쳐진 안개 구름에
덮혀져 가고 있다

잘팍거리는 숲 냄새가
가슴 속으로 스며든다

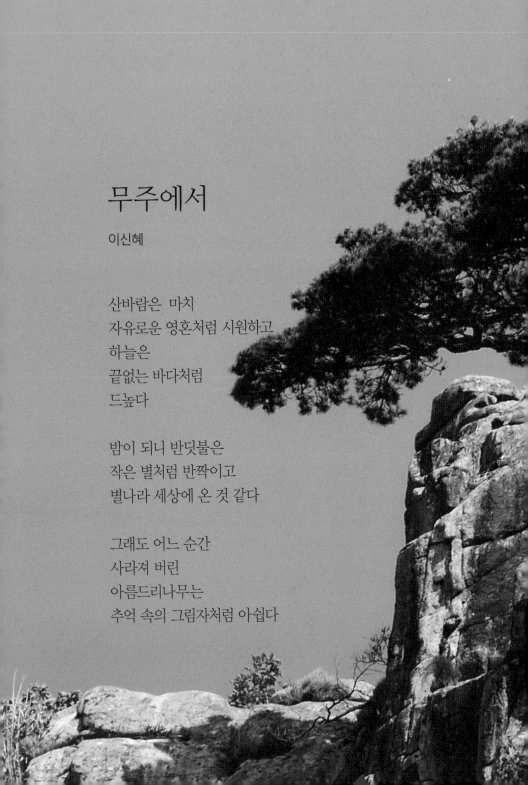

무주에서

이신혜

산바람은 마치
자유로운 영혼처럼 시원하고
하늘은
끝없는 바다처럼
드높다

밤이 되니 반딧불은
작은 별처럼 반짝이고
별나라 세상에 온 것 같다

그래도 어느 순간
사라져 버린
아름드리나무는
추억 속의 그림자처럼 아쉽다

비가 오는 날

이신혜

호랑이
장가 가는 날

햇빛 속에 내리는 비는
마치
하늘의 눈물처럼
맛깔스럽게 조금만 내린다

비가 오면
대지는 풍요로운 품처럼 넉넉해지고

내 마음도
풍요로운 강물처럼 흘러간다

기억의 저편

이신혜

기억의 저편엔
무엇이 있을까?

행복이
가득 있을까?

무지개 꿈이
있을까?

기억의 저편으로
여행을 떠난다

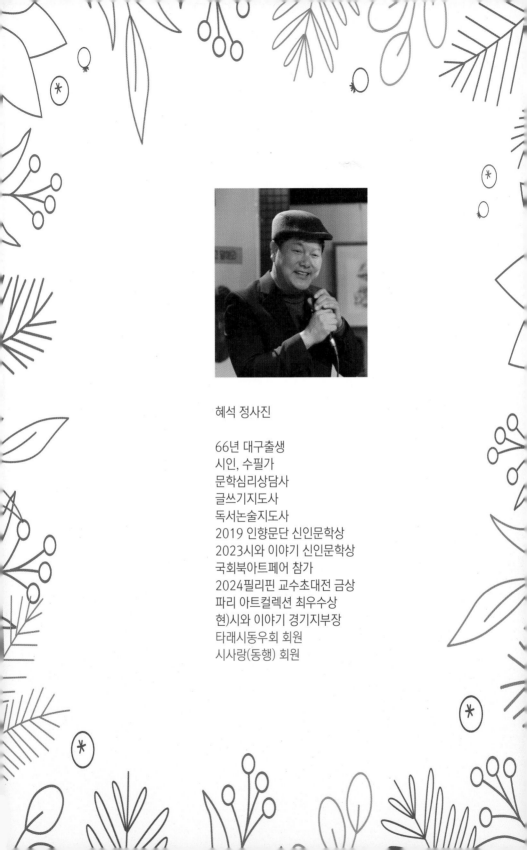

혜석 정사진

66년 대구출생
시인, 수필가
문학심리상담사
글쓰기지도사
독서논술지도사
2019 인향문단 신인문학상
2023시와 이야기 신인문학상
국회북아트페어 참가
2024필리핀 교수초대전 금상
파리 아트컬렉션 최우수상
현)시와 이야기 경기지부장
타래시동우회 회원
시사랑(동행) 회원

축시丑時

정사진

시간은 자정 너머
새벽 한 시 축시인데
님 생각에 잠 못 들고
이리저리 뒤척일제
때를 잊은 까마귀는
공허하게 울어대니
적막한 밤하늘에
뉘가 있어 친구될까

회상回想

정사진

가슴속 저편
기억 하나씩 꺼내
안주 삼아 술을 마신다

기억은 추억이 되고
흐려져
잊혀지지 않으려
되새기노니

님과의 추억들은
흑백영화처럼 아련하고
순수했던 아쉬움인가

아는 영화속 몰랐던 장면처럼
회상은 늘 그렇다

호모 귀차니쿠스

정사진

퇴근 후에는
바로 소파에서 로그아웃
눕자마자 바로
시스템 종료

만사 귀찮아
생사에 관한 일이 아니면
회피모드

충전 중에는 귀차니즘 발동
행신동에는 관절염 심한
호모 귀차니쿠스가 살고 있다

대설大雪

정사진

흰눈 대신
미세먼지만 희뿌옇게
내리는 날

님을 잊지 못하고
가을도 지우지 못해
낙엽 담은 자루마냥
추억은 도담도담
가슴에 소복소복 쌓이고

눈처럼 포근하고
햇살처럼 따스했던
그대 생각나는 날이다

시詩가 되었다

정사진

아름답고 진실된
단어들을

잘 씻고 다듬어
열정으로 불피워

영혼의 밥을 지으니
마음의 양식이 되고

한편의 시가 되었다

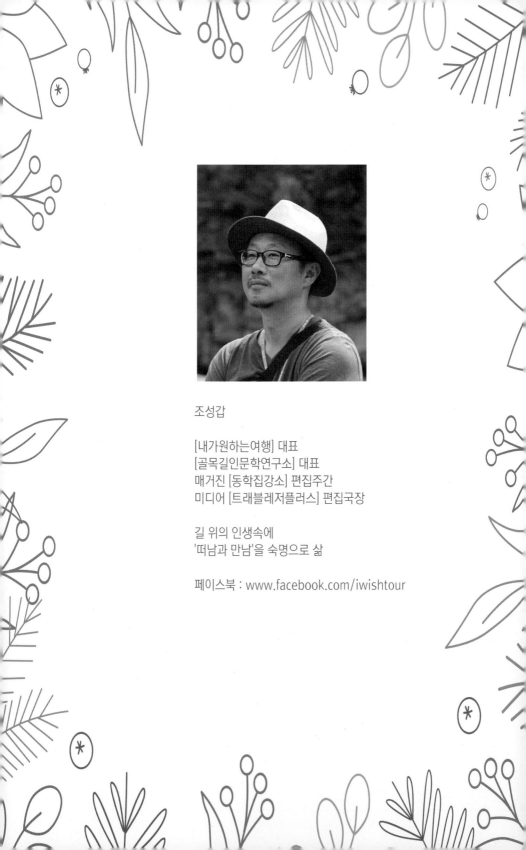

조성갑

[내가원하는여행] 대표
[골목길인문학연구소] 대표
매거진 [동학집강소] 편집주간
미디어 [트래블레저플러스] 편집국장

길 위의 인생속에
'떠남과 만남'을 숙명으로 삶

페이스북 : www.facebook.com/iwishtour

그리움

조성갑

복어가 춤을 추면
북창동에 비가 내린다

다행이다,
고래가 노래하지 않아서

선녀가 춤을 추면
복숭아 밭에 눈이 내린다

다행이다,
고래가 노래하지 않아서

노을

조성갑

노을은 지옥불보다 더 붉게 물들고
노젓는 소리는 검붉은 강물 속으로 스며들고
세상사 모든 것이 낙하하고 흩어진다

스승님의 목은 핏빛을 토했고
내 모가지는 처연히 떨어질 거고
오늘 마지막 석양을 쳐다본다

36년 세월이 고통스러웠지만
내 꿈은 일월산에 먼동이 트는 것보다
더 붉게 뜨거울 것이라 믿고 떠난다

석양이 톡 떨어진다!

엄니

조성갑

산보리와 향오동은
바람의 연주에
실타래를 풀어내고

바다를 잃어버린 갈매기는
작은 비밀의 숲에서
엄니가 보고 싶어
꿈을 꾼다

– 2021년 6월 18일
부천 고강동 모네정원에서
39살에 미망인이 되어
4명의 자식을 홀로 키우신
변향숙 대표의
선자당 이야기를 듣고서

벽우碧雨

- 조성갑

한 세월 살다
콸콸 쏟아 붓는 눈물되면 어떠랴
휘퍼런 구름되어 소리하면 어떠랴

차라리 비되어
이 넓은 광야에 선 채 부서지련다
아니 수정같은 침묵으로 날려가련다

하얗게 무너지는 몸짓속으로
천생에 겁을 부어
술한잔 넘기려다
흩어간 영혼위해
구름속 폭풍되어 울어버린다

적조寂照로 들어가는 곳

조성갑

하늘에선 피비린내를 내리 뿌리고
길위에선 하염없이 눈물을 흘리네

죽음의 강을 수없이 다녀왔건만
힘든 건 이것도 저것도 매한가지네

이제는 조금 다리 뻗고 싶은데
피안의 강은 멀고도 멀리 있네

사람들은 이래라 저래라 하고
길을 잃은 산새는 이리저리 헤매이네

천의봉에 피어오르는 운무의 강에
억겁의 배를 띄어 힘겹게 노 저어 가네

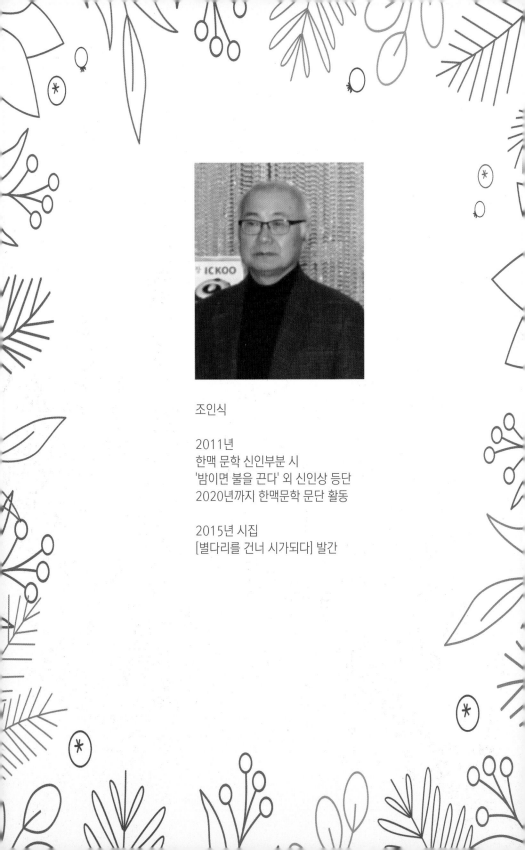

조인식

2011년
한맥 문학 신인부분 시
'밤이면 불을 끈다' 외 신인상 등단
2020년까지 한맥문학 문단 활동

2015년 시집
[별다리를 건너 시가되다] 발간

풀빛으로 오는 바람

조인식

내일인가
사랑을 품고 밤잠을 설치고
부수한 얼굴로 들판에 흔적을
남기며 풍경을 집적대다
색실되어 다가 온다
향내 나는 유월의 창가에서
사랑을 이루고 싶어서
정신적, 내적인
별빛사랑을 위해
밤새워 창밖을 보다
플빛으로 오는 바람을 보았다
나의
버킷리스트 중에

어머니의 방

조인식

어둑한 등불이 있었던 방
동생들은 문짝 틈새
외눈으로 싶작문 동정을
살피지만 흔적은 없고

밤은 깊어 무서운데
반짓고리 고개 너머로
품팔이간 어머니는 오지 않아

홋이불 밀쳐 문틈 새 막아놓고
윗목 보자기에 덮인
고구마 보리밥 한 그릇뿐인
비뜰어진 나무밥상 그대로인데

슬프고 외롭고 무서운 생각에
많이도 흐느꼈던
사계절 외풍이 찾아 드나들던 방

어머니 올 때까지 등불을 안고
잠을 자던 동생들과 같이 뒹굴며
자란 비좁은 작은 흙방

높은 곳에서 불빛이
한 사람의 선물꽃으로 내려와
그 때의 방엔
밝은 등불이 켜졌습니다
어머니의 빈 방엔

하얀미련

조인식

심히 미련이
깊어진 어느 으슥한 날
우리는 스멀거리며 들썩이는
버리고 온 미련을 잊지 못해
아픈 파도소리 속살거림이
아련히 들리는 바다 위
길을 밟는다

깊어지는 스치는 추억
윤회하는 아쉬움
홀연히 바람되어
멀리서 택배 된 파도소리는
실금으로 하늘 화선지에
색칠을 하는데

눈부심의 애정을 가득 잔에 담고
수줍게 사뿐 오는 파도의 노래는
하늘한 물미역을 춤추게 하고
그림 같은 바다에 비치는
하늘을 닮아

파도처럼 하얀 피부를 가진 바다를
오래도록 부드럽게 멀리서부터
사랑하고 싶드라
긴 미련 짧은 여행
순하디 순한 순백 여인의
간절함이 맺힌 눈물 방울을
파도에 간직하고
상실의 계절을 두고두고 오래도록
그리워해야겠다

짧은 여행
두고 온
하얀 미련을

낙엽 비

조인식

그러니 떠나지 말아라
가을비처럼 내리면
그냥 모자를
앞으로 당겨 눌러 쓰고

서늘한 비 되어 떨어져
신발을 덮으면
가을 별을 닮은 너의 얼굴
맞대고 부비적거리며

쓸쓸한 외로운 눈물 낙엽비
너와 함께 흠뻑 젖어
걷고 싶을 뿐

그러니 떠나지 말아라

무겁게 젖어
가을길을 아프도록
꼬옥 껴안고 걷자

떠나지 마라

낙엽, 너
비 되어

떨림

조인식

행운, 아니 슬픔입니다
나이 들어 간다는게 말입니다
늙어가는 것은
행운이다 라고 하지만
늙어 간다는 것은 슬픔이고
아쉬운 미련만
한가득일 뿐입니다

행운과 슬픔
간이역 하나의 거리일진 몰라도
분명한 것은 행운은 웃음이고
슬픔은 한숨이라는 것입니다

늦은 밤
일어나는 잔잔한 진동입니다
그게 아름다운 나였으면
좋겠습니다

행운보다
슬픔보다 말입니다

여울속 잔물결을
닮은 진동 말입니다

고요한
떨림 말입니다

살아간다는 것은
행운과 슬픔을 동시에 숨쉬는
진동
떨림입니다

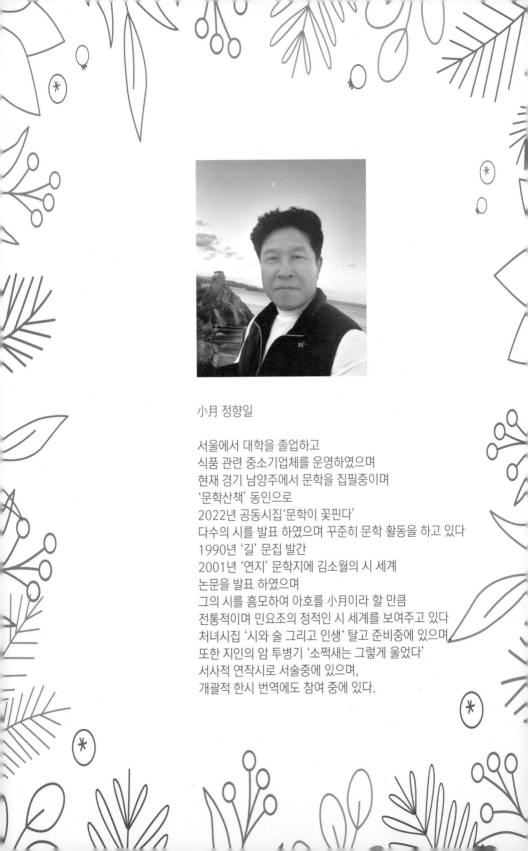

小月 정향일

서울에서 대학을 졸업하고
식품 관련 중소기업체를 운영하였으며
현재 경기 남양주에서 문학을 집필중이며
'문학산책' 동인으로
2022년 공동시집 '문학이 꽃핀다'
다수의 시를 발표 하였으며 꾸준히 문학 활동을 하고 있다
1990년 '길' 문집 발간
2001년 '연지' 문학지에 김소월의 시 세계
논문을 발표 하였으며
그의 시를 흠모하여 아호를 小月이라 할 만큼
전통적이며 민요조의 정적인 시 세계를 보여주고 있다
처녀시집 '시와 술 그리고 인생' 탈고 준비중에 있으며
또한 지인의 암 투병기 '소쩍새는 그렇게 울었다'
서사적 연작시로 서술중에 있으며,
개괄적 한시 번역에도 참여 중에 있다.

춘야春夜

정향일

별빛 쏟아져
문 두드리는 소리
창문을 열어 보니

달은 본디
말 할 줄 모르고
별빛은 갈래갈래
친구 될 만하네

하이얀 달빛
어둠을 밀치고
봄바람 코 끝에 머무는데

벗과 하나 되어
별인 양 달인 양
첩첩 산 바라 보니
우리 세상 아니라네

카페 자스민에서

정향일

자스민의 오색 향기
오남호수 넘나 들고
에소프레소 진한 향
천마산 끝자락에 닿으니
산내음에 심신(心身)이 하나 되네

가로로 펼쳐 놓은 오남호수
청아한 하늘 빛에 물들고
앞산에 일렁이는 산들바람
석양 빛에 붓질을 하네

길 숲을 오가는 이
취하여 떠날 줄 모르고
공중에 나는 새 한마리
해 질까 아쉬워
따라 오라 따라 가라

열 길 물 속
그려 놓은 진경(眞景) 산수화
차 한 잔의 여유를 마시고
고개 들어 높은 하늘 바라 보니

예가
어릴적
내 살던 고향인가 하네

그리움

정향일

그리워
그립다 하니
아니 그리워

못잊어
못잊어
그리워서 못 살겠네

서산에 지고 이는
저 해와 달

언제나
하나가 될까

소쩍새는 그렇게 울었다

정항일

산에
산에
산에서 피는 산유화야
산이 좋아 산에서 피는가

들에
들에
들에서 피는 들국화야
들이 좋아 들에서 피는가

산이 좋아 산에서 피는 꽃도
들이 좋아 들에서 피는 꽃도
언젠가 서둘러 지고 마는 것을

선운산의 밤
오늘은 유난히도
소쩍새 우는 소리 가냘프다

머언 여행을 떠나려나 보다

꽃잎

정향일

이제는
나를 내려 놓고
당신의 꽃이 되려 합니다

당신을 닮은
당신의 꽃잎이 되어

당신을 향한
당신의 꽃이 되려 합니다

당신이라는 이름의 꽃

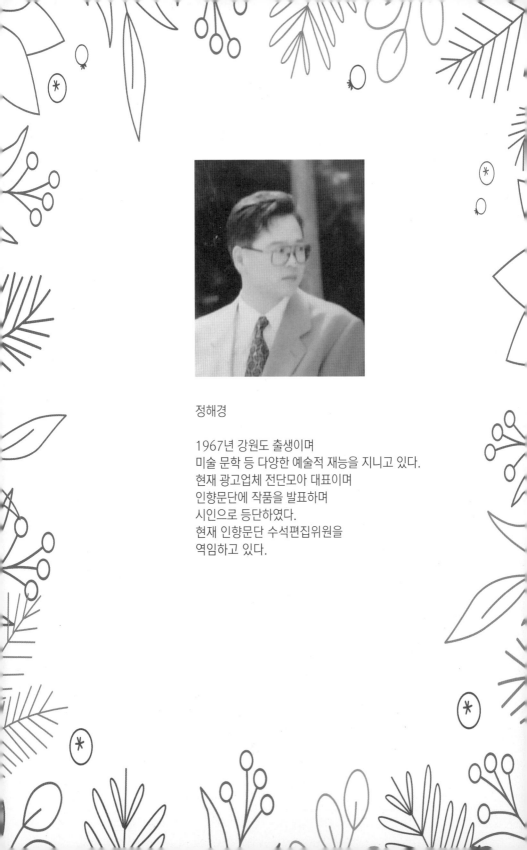

정해경

1967년 강원도 출생이며
미술 문학 등 다양한 예술적 재능을 지니고 있다.
현재 광고업체 전단모아 대표이며
인향문단에 작품을 발표하며
시인으로 등단하였다.
현재 인향문단 수석편집위원을
역임하고 있다.

신이 내게 소원을 묻는다면

정해경

신이 내게 소원을 묻는다면
신이시여
먼 훗날 나의 영혼을 만난다면
모른 척 그냥 지나가소서

신이 내게
두 번째 소원을 묻는다면
먼 훗날 내 영혼을 보거든
못 본 척하여 주소서

신이 내게
세 번째 소원이 무엇이냐고 물으신다면
먼 훗날 내 영혼을 부르신다면
가엽게 여겨
당신과 함께 있게
하소서

내 인생에 가을이 오면

정해경

가을 즈음 되겠다
이제 결실도 맺어야 되는데
낙엽이 떨어지기 전에는 말이다

새싹을 피우고
하늘 높은 줄 모르고
가는 길이 내 세상인 줄 알았건만

돌아가는 길을 잃어버린 것 같다
앞서 가던 길은 어느새 따라가기도
바쁘게 되었다

남은 자국이란게 발자국 뿐이라니
그나마 바람에 쓸려 나가는구나

나 또한
누군가의 발자국
따라 가는구나

시가 내게로 왔다

정해경

나플거리며 지나가는 소리에
옷을 입히고

길가에 누워 아파하는
풀잎에 색을 칠하고

아기의 노래소리에
장단을 맞추며 즐거워 하자

죽어가는 숫자에 꽃잎을 뿌리며
모래알의 눈물을 흘리자

잡히지 않는 형체에 손을 내밀어
영혼의 냄새를 맡자

그의 술상에 안주가 되어 노래하자
그가 열어놓은 문앞에서
나플나플 노래하자

외로운 동행

정해경

바람도 맞고 비도 맞고 눈도 맞았다

수많은 이와 동행을 했는데
외로움은 항상 동행을 한다

같은 길을 가는 데도 외로움이 동행을 한다

달그락 소리조차 없이
내 곁을 지키는 외로움은 누구를 달래는걸까

가는 길 정해놓은 것 없지만
끝을 알기에 떠나는 인생길에는
외로움이 항상 나의 기분을 달랜다

비스듬히 쓰러지는 동행
같은 길을 걷는다
혼자의 길

삶의 저울

정해경

가슴을 아리게 하는 무언가
내 가슴을 뚫고 지나 간다.

황량한 벌판에 작은 바람이 옷깃을 스치며 지나간다.
현실인 듯 착각인 듯 삶의 고뇌 속에서 눈을 뜬다.

외치는 저들마다 진실 혹 거짓을 말하며
삶의 진실 앞에 내려놓을 것이 없는 사람들

진실의 고통 속에서 아파하며
참아내는 여유는 배고픔을 참아내는
늑대의 고통일 것이다.

삶의 무게에서 자유로워지고
싶어 하는 영혼을 향해
날개를 달아주자
더 이상의 고통의 열매를 맺지 않기를 기도할 뿐이다.

아련히 잊혀져 있는 당신의 영혼을 향해 부르짖어라
하얀 비둘기의 영혼처럼 자유로워지기를…

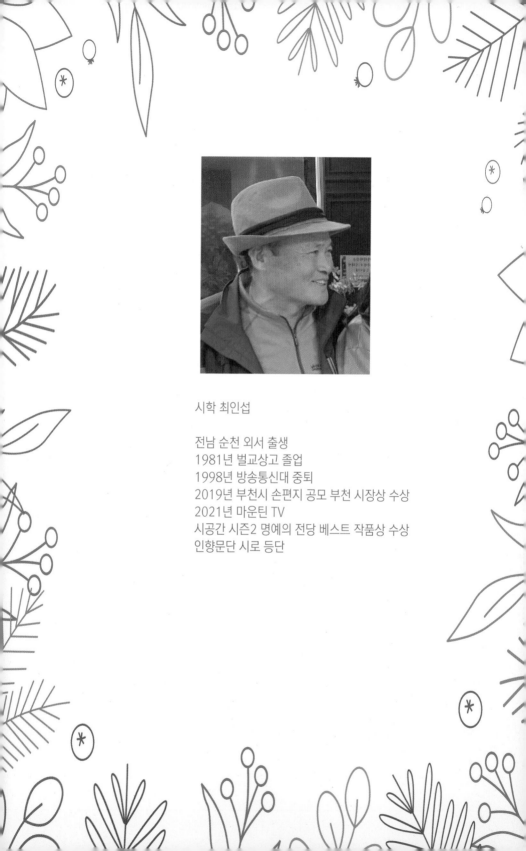

시학 최인섭

전남 순천 외서 출생
1981년 벌교상고 졸업
1998년 방송통신대 중퇴
2019년 부천시 손편지 공모 부천 시장상 수상
2021년 마운틴 TV
시공간 시즌2 명예의 전당 베스트 작품상 수상
인향문단 시로 등단

언덕 위 소나무

최인섭

언덕 위 저 소나무
누구를 기다릴까

제비가 강남갔다
오는 날 기다리나

나무는 임 그리워서
저 먼 산만 보네요

언제쯤 오시려나
소나무 목빠지네

제주도 갔던 님이
봄 되면 오시려나

나무는 언덕 위에서
망부석이 되겠네

뜨거운 날씨에

최인섭

뜨거워 온천지를
불볕이 달구네요

거리는 찜질방 속
한증막 불가마요

운치가 좋은 폭포에
멱을 감고 싶어라

뜨거운 날씨 속에
지처서 헬렐레해

거칠은 숨소리에
개거품 올라오네

운악산 계곡 물 속에
풍덩 빠져 쉬고파

사기꾼

최인섭

사기꾼 교활하게
인간을 속여먹고

기막힌 말솜씨로
사람들 현혹시켜

야비한 속임술수로
착한 인생 망친 자

사르르 달콤한 말
꼬임에 넘어가면

기분을 잡치게 해
열 받게 하는 인간

야수와 다름없는 놈
개과천선 하거라

능소화

최인섭

만발한 꽃님들이
슬금슬금 담장을 넘어

능구렁이 담 넘어 오듯
월담을 한 능소화 꽃들

인간 세상 그리워
긴 목을 내밀고 있네

담 넘어 세상구경
하고파 월담을 했을까

주황색 입술들이
세상사 소곤거리네

담장에 쏟아져 내린
별들이 꽃이된 듯

별처럼 반짝거리는
네 모습 귀한 별꽃이구나

계양산

최인섭

계곡에 시원한 물
철철철 흐르는 곳

양다리 물 담그고
시 한 수 읊고 싶다

산신령 멋진 답시로
명품시를 줄 거야

계양산 둘레길은
푸른 숲 울창하고

양지쪽 장미원에
장미꽃 미모일세

산길에 청설모가
장난치며 노니네

현주신

대전 출생
대전 여자 중학교 졸업
충남 여자 고등학교 졸업
목원대학교 불어불문학과 졸업
(주) 대교 어문교사 근무
인향문단 시발표 등단
애월 향기문학 동인 활동중

꽃샘추위

현주신

비뚤어진 마음으로
꽃샘추위 심하구나

행복을 빌어준다면
나도 널 잊지 못할 텐데

기다려도 떠나지 않고
꽃봉오리를 울리고 마네

겨울비

현주신

겨울비 내린다고
못마땅해 하지 마라
울상을 짓지 말고
기지개 활짝 켜자
비로소
새봄이 오면
꽃잔치로 호사란다

생일 파티

현주신

삼총사를 위해서 해마다 모여서
즐거운 생일 파티를 열었는데

일일이 다 챙기지 못하고
두 사람 생일 파티만 계속 챙기게 되는
이유는 무엇인지

절대로 먼저 내 생일날 같이 밥 먹자고
말하지 않는 그게 바로 이유였네

여름방학

현주신

콩나무 대여섯 가지를 꺾어다가 잿불 위에 펼쳐놓고
옹기종기 모여서 콩구이를 해먹던 어린 시절

나무를 꺾어다 불을 지피고
모깃불 태우는 연기가 날아들면

초저녁 멍석 깔고 누운 마당 위로
밤하늘엔 보석처럼 별들이 반짝이고,
물을 긷던 무더운 한낮의 우물가
깊고 깊은 우물 속에 두레박을 던지고

비틀비틀거리며 찬물을 길어 올리던
지나간 그 시절 옛 추억이 그립네

지옥온천

현주신

지옥온천 노천탕은
수영장이 아니건만

번호표 팔에 차고
뜨거운 물결 헤쳐본다

피부에 좋다하여
얼굴마저 익는구나

껍질이 벗겨져도
광천수는 약수던가

가장자리 앉았더니
사탑처럼 미끄러지네

전당문학초대석

초대시인

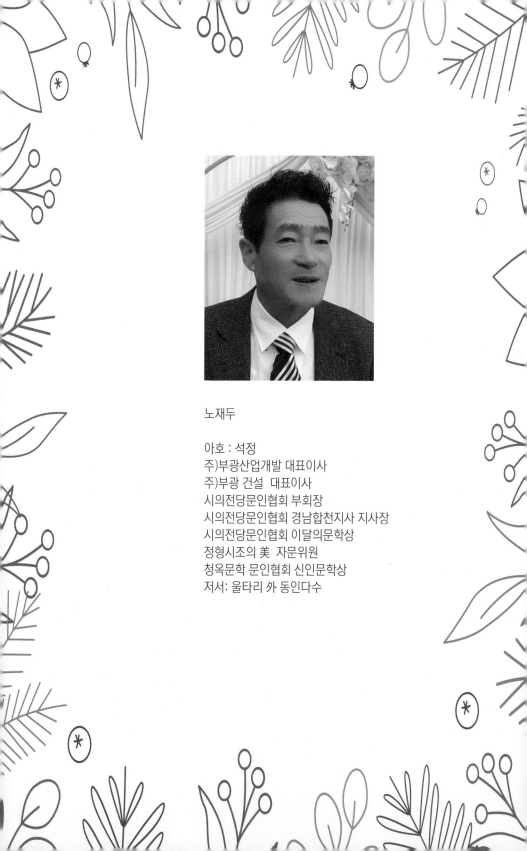

노재두

아호 : 석정
주)부광산업개발 대표이사
주)부광 건설 대표이사
시의전당문인협회 부회장
시의전당문인협회 경남합천지사 지사장
시의전당문인협회 이달의문학상
정형시조의 美 자문위원
청옥문학 문인협회 신인문학상
저서: 울타리 外 동인다수

선풍기

노재두

삶은 돌고 도는 지친 수레바퀴

온종일 돌다 보니
세상도 나도
빙빙 돌고 또 돈다
쉬지도 못한
삶의 노동에 몸살이나
열이 난다

누군가를 위해
온몸을 바친다는 건
마음은 평화롭다

그녀 꽃 나는 꽃병

노재두

날마다 나는 너를 찾아
여행을 떠났다

그녀에게로 가는 길은
도대체 길이 너무도 많다

빈 꽃병이 꽃을 유혹하듯

멀고도 험한 그 길
중년이 되어서야
발길을 멈추게 했다

나의
빈자리를 꽃 피우게 했던 그녀
지금 내 곁에 있어줘서 고맙다

무제

노재두

한겨울 시름하는 창가에
동백꽃 가지마다 동박새 울음소리
하나 하나 붉은데

새는 소리로 울지만
꽃은 색깔로 울고
사랑은 정으로 울고 운다

연가

노재두

파도 소리
유난히 철썩대는
밤이면

그대
출렁이는 가슴을
나도 앓는 밤

석정&예지 문학인의 집

노재두

어디선가 아련한 잔물결 같은
소쩍새 울음
거뭇거리는 밤길 여는지
구슬픈 사랑 곡조 애잔하다

빈 마음을 아는지
산중 가득 스며들어
상처 난 별자리들 와락 품어 안긴다

인편의 소식 같은 늦은 대추꽃
한 잎 두 잎 피고
가랑비에 젖은 잎들 꽃잎은 더욱 짙다

밤이 새도록 소쩍새 울음소리에
붉디붉게 익어가는
대추

서상천

시의전당 문인협회(자문위원)
새부산시인협회 신인상
노계 박인로 전국시낭송대회(우수상)
윤동주선양회전국시낭송대회(대상)
제30회대한민국신미술대전(특선)
알바트로스 시낭송회(이사)
현)양산 어울림 문학회(회장)
具山賢겔러리 화실(대표)

사람이기에 행복하다

서상천

만일 사람이 아니라
다른 생물로 태어났더라면
좋은 사람과 만남의 인연도 없었을 것이다

아름다운 생각과 느낌으로
세상을 바라 볼 수 없었을 것이며
향기로운 냄새도 맡아볼 수 없었을 것이고
맛있는 음식도 골고루 먹어보지 못했을 것이다

사람으로 태어나서
이만큼 살아왔다는 것은
다행스럽고 행복한 일이며
마지막까지도
내 삶을 희생하며
사랑해 줄 수 있는 대상이
내 앞에 있기 때문이다

바로 이 순간

서상천

바로 이 순간
숨을 쉬며 많은 것 기억하고 있을 때
기억이 정지된다면

이 세상 아름다운 것이 많은데
사연들, 사람, 동물, 꽃
이 모든 것이
떠오르지도 떠올릴 수도 없다면
무섭고 두렵고 허무해지며
몸이 부르르 떨려온다

바로 이 순간
살아 숨 쉬고 있을 때
이 모든 것을
기억에 되새겨 보고
사랑하며 함께 소통해 나가고 싶다

오늘도 살아 숨쉬고 있음을
감사하게 생각하며 살아보련다

마음의 눈

서상천

세상을 아름답게 볼 수 있는 눈
마음의 눈

장님으로 태어났더러면
귀머거리로 태어났더러면

나는 행복한 사람
장님도 귀머거리도
아니기 때문이다

더 행복한 것은
볼 수 없는 자에게
들을 수 없는 자에게
세상의 아름다움을
말해줄 수 있고
만져볼 수 있게
해줄 수 있는
사람이기 때문이다

고독한 인생길

서상천

눈이 내리는 하이얀 길
발자욱 소리만 들려올 뿐
거리는 적막 속에 잠들어 가고
나만이 가야 하는 낯설은 하이얀 길

고독과 슬픔
고뇌와 번뇌가 거기 있어도
한 가닥 희망이라는 것 때문에
미소하며 보내는 하이얀 마음
오늘도 그 길을 걸어간다

내 많은 날들의 아픈 자욱들
하이얀 눈길을 말없이 걸어간다
희망이라는 꽃이
하이얀 눈 위에
피어나리라는
내일을 향한 발걸음으로
오늘도 끝없이 걸어가고 있다

그대를 영원히 사랑하리라

서상천

그대를 만나 마음 아파하고
힘들 때도 있지만

슬픔이 무엇인지
기쁨이 무엇인지
사랑이 무엇인지
깨닫게 한 너

그대의 잔소리가
귀에 거슬릴 때도 있지만
지나고 나며
너의 사랑이었음을

진정 그대가 바라는 것
다 알 수는 없지만
서로 사랑하고 있다는 것 영원하리라

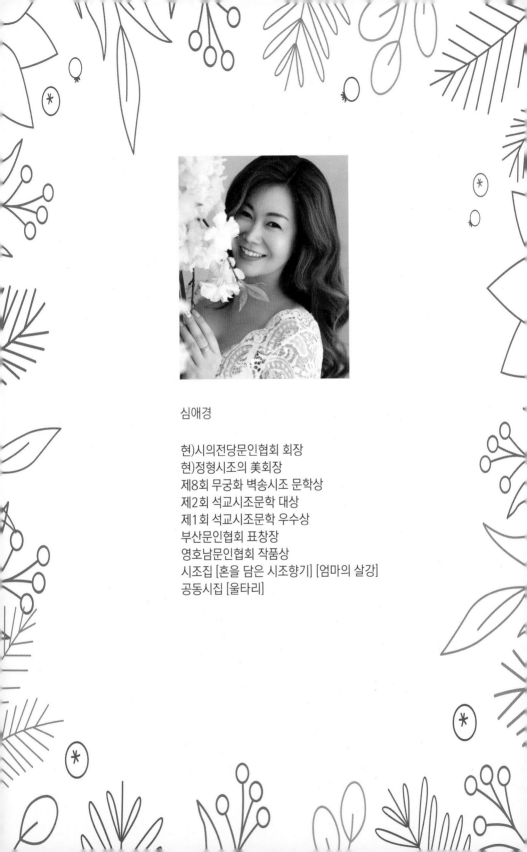

심애경

현)시의전당문인협회 회장
현)정형시조의 美회장
제8회 무궁화 벽송시조 문학상
제2회 석교시조문학 대상
제1회 석교시조문학 우수상
부산문인협회 표창장
영호남문인협회 작품상
시조집 [혼을 담은 시조향기] [엄마의 살강]
공동시집 [울타리]

선풍기

심애경

끝없는 노동일에
쉴 날이 없는 요즘

머리도 어지럽게
온 몸이 돌고 돌다

세월을
이길 수 없어
손과 발이 절단 났다

낚시

심애경

적막을 미끼하여
낚싯대 드리우다

어둠을 훔쳐 갔던
밝은 달 낚아챈다

저 물 속
달의 취기는
깨우지 않으리

장미

심애경

옹이진 가슴 속은
까맣게 타들어도

붉어진 그리움들
치마폭 수를 놓네

가시밭
새빨간 울음
하염없이 피고 진다

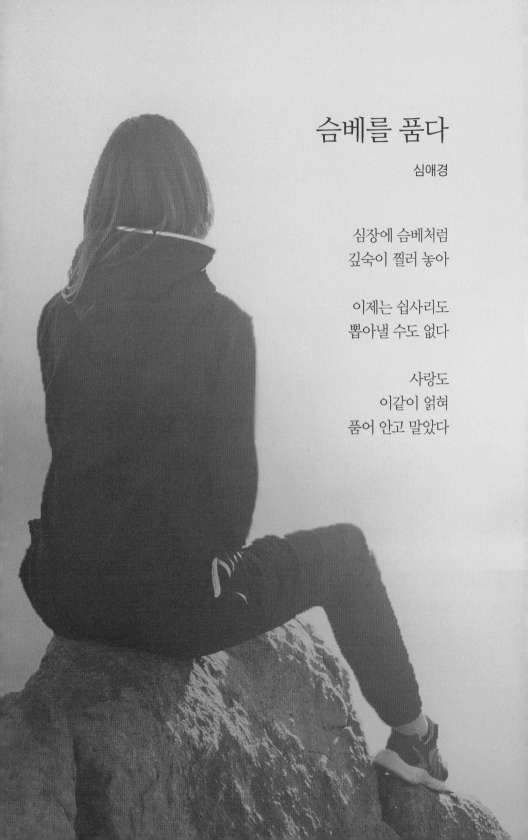

슴베를 품다

심애경

심장에 슴베처럼
깊숙이 찔러 놓아

이제는 쉽사리도
뽑아낼 수도 없다

사랑도
이같이 얽혀
품어 안고 말았다

엄마의 살강

심애경

배고픔 한이 서려
바람도 담아보고

빈 그릇 닦아가며
달빛도 채워 보니

홀로된
어머니 설움
시리도록 묻어난다

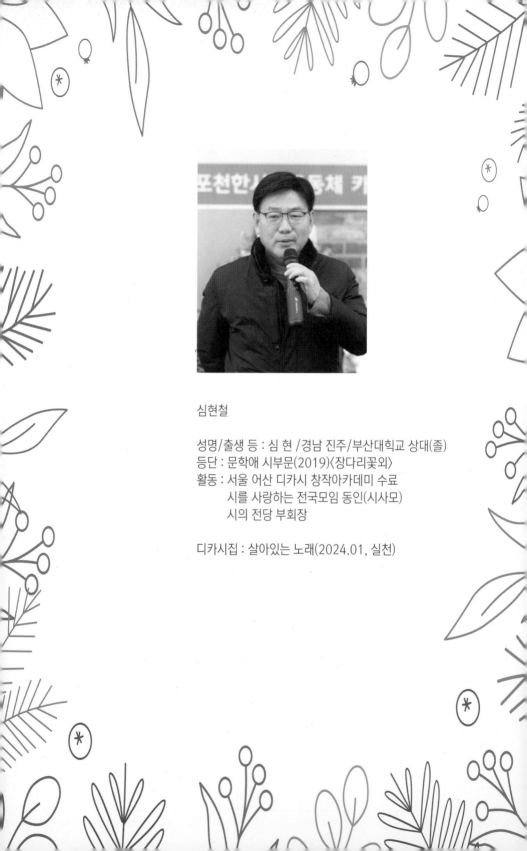

심현철

성명/출생 등 : 심 현 /경남 진주/부산대힉교 상대(졸)
등단 : 문학애 시부문(2019)〈장다리꽃외〉
활동 : 서울 어산 디카시 창작아카데미 수료
　　　 시를 사랑하는 전국모임 동인(시사모)
　　　 시의 전당 부회장

디카시집 : 살아있는 노래(2024.01, 실천)

무소유

진시황제에게 불로장생 비결을 물었더니
따뜻한 햇볕, 바람, 이슬
그리고
착한 이웃이라 하였습니다

- 심현철

* 무소유 : 법정 스님의 수필 "무소유" 제목을 인용

안부를 부탁하다

왁자지껄하던 고향 집 아이들은 서울로 가고
말벗 없는 대문 고리는
입안이 검붉게 녹마저 슬어간다
구름아, 서울 아이들에게 안부나 좀 전해다오

- 심현철

난 신이 아닙니다

세상이 일곱 번 바뀌도록 살아오니
서있기가 힘든데
뱃살이 나온 사람들은 날 찾아와
지팡이도 맞춰 주고 주사도 맞히면서
제 기도 하나만 딱 들어달라네

- 심현철

꽃길존 zone법칙

당신과 가꾼 꽃길을 걷는다
화무십일홍이 아닌 끝없이 행복한 길,
과속과 음주보행은 나락의 길
때론 이웃의눈물은 나누며 동행하는 길

- 심현철

제 도서관을 소개 합니다

나의 도서관은 허름하지만 행복한 아지트
겨울엔 좀 춥고 여름엔 매우 더워도 괜찮아요
책도 읽고 시도 쓰고 때론 노래 하기엔 최고예요
오늘은 멀리서 붉은 장미 친구가 날 보러 온대요
선물로 줄 디카시집을 고르고 있답니다

- 심현철

오난희

아호 : 文淸
문학愛 문예세상 영상편집위원역임
계간 시와 늪 홍보위원역임
시의전당문인협회 영상편집 위원 활동중
시&영상이야기 [영상작가]

공저 : 문학愛 /문예세상 /시와늪 /희망봉광장 /천관 /문학 /문세
사람들 /시의전당 /노령문학 /청옥문학 /문학사랑신문 /글로밥상 참여
저서 : 길을 걸으며

수상 :
문학愛 시 수필 신인 문학상
계간 시와늪 50집 신년호 공로상 수상(영상부분)
문학사랑 신문 제2호 시제 낙화 대상
시의전당문학 시제 봄,당신은 안녕하십니까 최우수상
시의전당문학 시화 보고싶다 너 최우수상
2023년 송도 시화전 행사 국회의원 봉사 표창장
2023년 시의 전당 (낙엽) 작가상
문학사랑 신문 8호 수필부분 초대작가 최우수상

참사랑

오난희

비록
바람에 지는 꽃이라도
인내와 고통없이 피었을까

그 누군가 말했지
삶은 고통의 연속이라고

그러나
나는 그렇게 생각해
고통없이 피는 사랑이 얼마나 있을까

그렇게 내 가슴에
상처을 안고 피어 난 사랑이라도

따뜻한 계절에
예쁘게 피어나는 꽃보다
당신 안에서
소담스럽게 피는 사랑
그런 사랑이고 싶어

시절연인

오난희

떠날 걸 알면서도
붙잡지 못했습니다

충동적으로 사랑하고
말없이 떠나버린 그대지만

낙엽처럼
빈가슴으로 울어도 좋을
그런 사랑을 해보았으니
괜찮습니다

차라리
즈려밟은 아픔을 견디며
떠나는
가을 낙엽같은
그대를 보았기에

굳이 이별이라
말하지 않겠습니다

사랑은

오난희

다시 새싹처럼 사랑이 자란다.
잠시 머물러 있던 비바람 맞고

또 너를 잃더라도
또다시 나를 버릴지라도
사랑은 잠들지 않는다.
그리움이라는 치료제가
있으니

사랑은 쉬지않고 뛰는
심장이다.

옛시절

오난희

또 하루가 저물어간다
가마솥에 불을 지피며
김이 모락모락 추억이 움직인다

언제즈음 일까…
붉은 장미가 붉게 타오른 오월도
아카시아 향기 은은하게 피오르는 추억이
옛시절 고향 향기만 할까…

어른이 되기를 기다리는 어린시절
사락사락 꿈이 생겨나고
어여쁜 소녀가
꿈많은 소년이
이제 중년에 문턱에 서 있을 줄이야

옛시절
눈 감으면 생각나는 아름다운 추억이
새록새록
마음이 우울할 때면
마음의 문을 열고 들어와
행복한 미소로 화답한다

사랑해서 미안하고
잊지못해서 미안해

오난희

바람처럼 뒹굴던 삶이
빛바랜 추억의 길목에서
봄을 그린다
내가 사랑했던 그사람
나를 사랑했던 그사람
추억의 책갈피에 그려진 낙엽처럼
퇴색되어 간다
낯익은 풍경은 어느새
길을 잃어버린 아이처럼
점점더
가슴속에만 그려진 또 다른 아픔
사랑해서 미안하고
잊지못해서 미안해
남아있는 추억의 한 장도
떨쳐버리지 못한 그리움

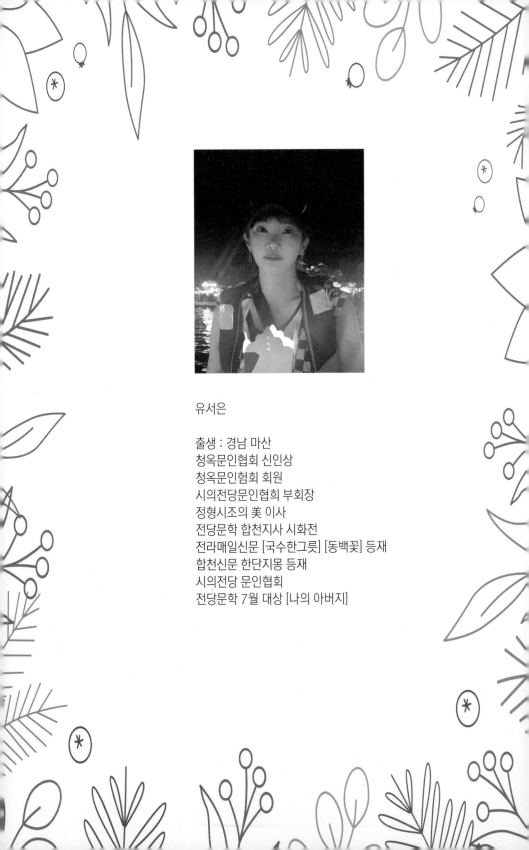

유서은

출생 : 경남 마산
청옥문인협회 신인상
청옥문인험회 회원
시의전당문인협희 부회장
정형시조의 美 이사
전당문학 합천지사 시화전
전라매일신문 [국수한그릇] [동백꽃] 등재
합천신문 한단지몽 등재
시의전당 문인협회
전당문학 7월 대상 [나의 아버지]

나의 아버지

유서은

펜을 든 순간
내 눈가에 쏟아지는 폭우 하늘이
말문을 열었다
쏟아지는 장맛비에 꽃들도 입을 열어
나를 위로해 준다

한 세월 당신이 마신 술
절반은 눈물 잔으로 채웠을 것이다
일하시다 한쪽 다리까지 절단하시고
노동일에 산동네 연탄배달까지
죽을 만큼 걸어봤다시던 아버지
지금도 허리, 어깨 수술 다하시며
지팡이로 의지한 삶을 사신다

만고풍상의 세월 여한을 떨치고
수문을 열듯 다 흘러 보내시며
뼛속 깊이 간직한 채
묵묵히 걸어오신 아버지

외로운 당신의 숨소리가 어느덧
팔순 고개를 넘어 이제는
딸 곁에 행복하시길 두손 모읍니다

더 애틋한 우정

유서은

반평생, 희로애락
모진 풍파 함께 걸어온 인생길
버팀목 되어준 나의 벗

때론 피를 나눈 가족보다
끈끈한 우정 큰 힘이 되었고

고된 삶
숨 조여 오는 시간에 파묻혀
무너지는 멘탈 힘껏 부여잡아주던 애틋한 우정

남아있는 인생
물 따라 바람 따라
드넓은 세상 여행하다
해 질 녘 곱게 물들어가는
붉은 노을 바라보며

길가에 들꽃 안주 삼아
주거니 받거니 노을 주 한잔하며
언젠가 우리에게 찾아올
마지막 노을 사랑으로 그린다

공수래공수거

유서은

사람 욕심 끝이 없어
욕심은 마음에서 나오고
또 다른 욕심을 불러들여
재물이 아무리 많아도
탐욕에 목마르고 허기질 뿐

살아온 업과 업장에 내둘려
삼독에서 벗어나지 못하고
고뇌와 업장을 등에 업고
악도의 길을 간다

꿈에서 깨면 모든 것이 사라지듯
허상일 뿐
우리는 작위를 쫓아 탐욕이란
길을 돌아가니 허덕이고
성인은 무위에 머물러 돌아가는
길이 없어 평화롭기만 하다

다시, 가을

유서은

가을비는 소리 없이 내리고
고랑에 고이는 건 아버지의
악보를 적시는 땀방울이다

새들까지 이따금 음표를 물며
작사 작곡까지 한창이다
어떤 새는 소리가 붉어진 단 음표를
가을 노을 속을 헤치며 내뱉는다

붉게 익어가는 산과 들
소리 없이 열매들도 익어
낙엽 속에 음률을 만들어
그나마 알량했던 나의 가을은
그렇게 익어간다

숲이 주는 위로

유서은

비 갠 오후
축축하게 젖은 오솔길 따라
삶에 지친 몸과 마음 달래려
솔잎 향기 따라
숲으로 간다

청록의 푸르름 따라 걷다 보면
구슬 맺힌 산과 들
사랑 품은
새싹 돋아나고

쪽빛 들녘
연붉게 물들어가는 노을빛 바라보며
시들어버린 내 푸르던 날 회상하며
가슴에 연붉은 노을빛 마음에 담는다

임하영

아호 : 덕해
충남 장항출생 공학박사
시의전당문인협회 회원
(전)우송정보대학교 교수
(현)한국시와소리마당 부대표

대전문학 시 신인상 2020,
현대시선 시담문학대상
제2회 포렌컬쳐상
제6회 남명시화전 인성상
신정문학상
UN NGO 문학상
윤동주별문학상
대한민국 교육공헌대상 수상 外 다수

시집 : [1. 내 안에 그리운 그대] [2. 가슴에 담은 별]
한국시와소리마당 문예지(1~6집)
대전문학 계간지 외 다수

흔적

임하영

꽃향기
아무리 아름다워도
시간 지나면 시들어
화무십일홍이라 했다.

인연의 향기
관계와 관계 속에
평생 잊혀지지 않고
영원한 흔적으로 남는다.

살면서
아름다운 향기
남기며 살아가기 위해
고운 인연 가꾸어 간다.

변화되는 삶

임하영

날씨가 점점 따뜻해진다.
길가 봄꽃들은 저마다의
흔적 만을 남긴 채 사라져
자취를 감추어가고 있다.

시원한 바람이 그리워진다.
어느 새 찾아온 더위 속에
이마에 흐르는 땀을 식혀줄
한 줄기 시원한 바람이

하천변 드리워진 나뭇가지
연둣빛 잎으로 물들이고
새 생명을 위한 희고 붉은 꽃
수줍게 송이송이 피었다.

비 내리는 공원길

임하영

초록으로 물들어
싱그러운 풀내음이 가득한
대지에 비가 촉촉히 내려 적신다.

봄인가 싶었는데
어느새 초여름 같은 날씨에
내리는 비가 시원함을 더해준다.

바람 한 줄기 살며시 불어
세월의 흐름에 버거운 짐을
조금은 가볍게 만들어 준다.

나비의 선행

임하영

고요한 시골집 마당에
한 그루 앵두나무에도
하얀 꽃이 곱게 피었다.

가녀린 나뭇가지 끝에
다소곳 피어난 앵두꽃
봄바람에 수줍어하고

은은한 앵두꽃 향기 따라
일찍이 찾아온 나비 한 마리
노란 날갯짓 춤을 추고

불어오는 봄바람 따라서
여기저기 새 생명을 위한
꽃가루 전하느라 분주하다.

소백산의 봄

임하영

봄비가
밤새 창문을 후두둑 두드리더니
먼 산마루엔 춘설이 내려 쌓여
봄 처녀 흰 모자를 둘러쓰고 있다.

비안개에
가려진 산등성이 마다 수줍게
분홍 진달래꽃 피어 싱그러운
봄을 알리는 향기 코끝에 스민다.

봄바람에
화답을 하듯 연둣빛 새싹들이
앞 다투어 돋아 오르며
꽃그늘에 그리움 실어 보낸다.

정은희

아호 : 현지
진주출생
시의전당문인협회 부회장
청옥문인협회 신인등단
청옥문인협회 시화 작품상
정형시조의 美 부회장
시의전당문인협회 제3회 작품상
시의전당문인협회 시화전 입상
전당문학 7월의 문학상 최우수상
전당문학 제3호 작품상
저서 [생의 간이역]

우정

정은희

순진한 웃음
애살스럽던 수다
그 맑은
눈빛의 우정이 그리운

지금껏 쌓아온 정으로
서로를 비춰보는 마음의 거울

꽃무릇

정은희

핏빛으로 물들인 가녀린 촉수
살포시 펼쳐 보인
절절한 애틋함을 어찌 지나칠까요

맞닿을 수 없는 운명
전생의 그리움으로 홀연히 서서
재회를 꿈꾸는지요

선운사 가는 길
꽃무릇 빨갛게 빨갛게 내 마음을 찔렀답니다

목마름

정은희

사랑과 애증도
세월 속에 희미하게 지워져 가지만
그녀의 허망한 두 눈망울에
어렸던 사랑은
지금 생각하면 아름다운 그리움이었습니다

팔팔 끓어오르는
저
그리움

무지개다리

정은희

무지개는 폭포가 만든 다리
자연의 경이로움에
내 마음 슬쩍 얹어 놓고 싶다

햇살에 부딪혀
찬연하게 빛나는 신비로움
신의 노래에
잠시 세상 시름 잊는다

가로등

정은희

가로등 불빛
어둠을 건너는 징검다리로
외로움 줄 세우고 있다

피곤한 발걸음
잠시 스쳐갈 때마다
표정에서 읽어내는 고단함
넉넉하게 밝혀두는 위로이다

누군가 길 잃고
방황의 어둠 속 헤맬 때
그를 위한 불빛 밝혀
포근히 감싸주고 싶다

저 가로등처럼

편집위원 후기

시는 삶의 문학이라고 했습니다. 시는 우리의 일상 속에서 발견되는 아름다움과 감동을 담아내는 예술입니다. 논어에 절차탁마(切磋琢磨)라는 말이 있습니다. "옥돌을 자르고 줄로 쓸고 끌고 쪼고 갈아 빛을 내다"라는 뜻으로, 이는 학문과 덕행을 갈고닦는 것을 비유하는 말입니다. 마치 시를 쓰는 과정도 이와 같아서, 한 편의 시가 완성되기까지 많은 노력과 정성이 필요합니다.

이번에 출간되는 시화집 시인의 노래는 이러한 절차탁마의 과정을 거쳐 탄생한 작품입니다. 한 권의 시집이 탄생하기까지, 시인들은 자신의 감정과 경험을 글로 풀어내며 수많은 고민과 수정을 거쳤습니다. 이러한 과정을 통해 탄생한 시화집은 단순한 책이 아니라, 시인들의 삶과 철학이 담긴 예술 작품입니다.

좋은 글들과 소중한 삶의 정수들이 많은 분들에게 전달되고 널리 알리어 의미 있는 시화집으로 승화되길 희망합니다. 시화집을 통해 독자들은 시인들의 마음을 느끼고, 자신의 삶을 돌아보는 계기가 될 것입니다. 참여하신 모든 시인들의 노고에 큰 박수를 보냅니다. 여러분의 노력과 열정이 담긴 시화집이 많은 사람들에게 감동을 줄 것입니다. 여름날의 고생이 가을의 결실로 이어지듯, 여러분의 노력이 아름다운 결실을 맺기를 바랍니다. 감사드립니다.

도서출판 그림책, 인향문단 수석편집위원
– 이정순 / 정해경